CHERCHE-MIDI

Paru dans Le Livre de Poche :

MARTIN ET HANNAH

LA SENORA

LA VALSE INACHEVÉE

CATHERINE CLÉMENT

Cherche-Midi

STOCK

J'y suis presque née. Quand j'y suis arrivée pour la première fois, c'était en 1939 et j'avais quelques jours. Pendant plus de soixante ans, je l'ai abandonné, j'y suis revenue, je l'ai fui, retrouvé, et j'en suis repartie si loin, et si souvent, que j'en ai le tournis. Au diable, plutôt qu'au Cherche-Midi ! Pensais-je. Était-ce une pensée, était-ce une lubie, un en-cas de malheur ? Un talisman, sans doute. Après toutes ces années d'absence, allées, venues, m'y voici pour de vrai.

Encore que. Il faut voir, vous savez. Pour de vrai ? Avec une rue pareille, le vrai tourne vite à la plaisanterie. « Cherche-Midi à quatorze heures ! » J'ai toujours dans l'oreille les voix de fausset des garçons qui se payaient ma tête, quand j'avais quatorze ans, sur les plages. « Quatorze ans, quatorze heures ! Tu peux le chercher loin, ton midi ! » ; moche comme j'étais, leurs vannes ne m'amusaient pas. Depuis, le moindre jeu de mots sur le Cherche-Midi me verrouille. Qu'ai-je trouvé en cherchant le midi dans ma rue ? La bonne blague ! De sales petits papiers expédiés à la Gestapo, de sales petits mots en français assassin. Il n'y a pas de quoi rire avec le Cherche-Midi.

Mon Cherche-Midi à moi s'étend du boulevard Montparnasse au boulevard Raspail, et ne va pas plus loin, ni en amont ni en aval. Sept cents mètres de rue pour tracer une vie entre deux croisements, l'un à gauche, l'autre à droite. C'est bizarre, une rue arpentée pendant soixante ans. Surtout quand l'un des côtés est maudit.

En marchant sur la droite vers le boulevard Raspail, j'ai du mal. Même aujourd'hui, une fois dehors, je préfère foncer tête basse. Embûches à chaque pas. Sur le trottoir d'en face, menaces. Je ne parle pas des gens, ce ne sont plus les mêmes. Encore que. Je n'ai pas vérifié, vous savez. Les boutiques, elles, sont toujours là. Derrière ces vitrines se trouvèrent des Français pour dénoncer ma mère, une dizaine de fois. Pourquoi ? Mystère. Toutes les hypothèses sont permises. La concurrence : mes parents possédaient une pharmacie et elles sont nombreuses dans le quartier. Le sens du devoir : les lois de Vichy, rien que les lois de Vichy, toutes les lois de Vichy, et celle-là, ma mère, dont la juive beauté ne pouvait se cacher, avait eu le toupet d'échapper au Vél d'Hiv ! La malice : et si je dénonçais, juste un peu ? Allez, je me décide. Quoi ! Il n'arrivera rien, juste un tour au poste de police…

Sur le moment, je n'ai rien su. On m'expédia vite fait à la campagne, baptisée, sous bonne garde. Mes parents, eux, restèrent. Né chrétien, André-Yves, mon père ne risquait rien. Et ma mère tint bon. Quelque part dans l'éternité, se promène l'âme du Juste qui, dix fois, la sauva. C'était un Allemand des troupes d'occupation. Il ne tenait pas boutique, et il habitait à gauche de ma maison. Sur le trottoir d'en face, dans la cour, à l'étage. Mais à gauche, pas à droite. Souvent, j'en conclus que les choix politiques tiennent à ces petits riens, ces accidents idiots : à gauche était le Juste. À gauche, en direction du boulevard Montparnasse, j'avais le cœur en fête. À droite, traîne-patte ; à gauche, pied léger. De la guerre, j'ai gardé à jamais un vrai goût pour le gauche. Gauchère incorrigible, gauche en tout, à gauche, toute ! J'exagère ? Pas vraiment. La logique des pas d'un enfant est la bonne.

Rivka attendit d'avoir quatre-vingts ans pour me raconter l'histoire de son Juste. Cinquante ans pour surmonter le choc de la germanité. Cinquante années pour oublier qu'il était allemand, obéissant aux ordres qui gazèrent Georges et Sipa, son père et sa mère, dénoncés dans le Lot, à la fin de la guerre. Rivka est morte sans l'avoir revu et quand elle me le dit, il était mort aussi. Elle avait connu son nom et son adresse, elle aurait pu écrire, téléphoner, elle aurait dû... Mais non. Le traître à son Führer avait choisi de terminer ses jours sur la Côte d'Azur. Comment le savait-elle ? Elle a dû enquêter, mais au dernier moment, non. Alors, je téléphone, j'y vais ?

Il était arrivé en 1936, réfugié allemand, médecin chassé par les nazis. Il s'était installé au Cherche-Midi et ma mère, bonne fille, l'avait fort soutenu. Être un réfugié, chez nous, c'est un sésame ; en 1905, mes grands-parents juifs s'étaient échappés de l'Empire de Russie, l'un de Tiflis, l'autre d'Ukraine, tous deux sous la menace, lui de la police, elle des pogroms. Donc, dès son arrivée à Paris, le bon docteur allemand trouva sa clientèle grâce à la pharmacienne qui la lui envoyait. Ils étaient très amis avant la guerre. Elle commence sans entrain, la guerre, puis déferle. Déroute, exode. L'anti-nazi ne bouge pas d'un iota. Juin 1940 : il sort du Cherche-Midi en uniforme de la Wehrmacht, et rejoint les troupes qui défilent sur les Champs-Élysées. Il était de la cinquième colonne, celle qui terrorisait les réfugiés allemands, les vrais, juifs et communistes, parce que la colonne, clandestine et cinquième en titre, préparait l'invasion. Elle eut lieu. Deux ans plus tard, à compter du Vél d'Hiv, l'officier allemand prévenait son amie qu'elle était dénoncée, qu'il fallait se cacher, et quitter en vitesse le Cherche-Midi. En 1944, Rivka loua une piaule rue de l'Annonciation, où elle se planqua. Le Juste le savait. L'histoire s'arrête là. Nous avons survécu, Rivka et moi, et nous sommes revenues au Cherche-Midi. Pas que cela m'amuse… Oh non !

Mais j'y suis.

Au premier étage. Pratique pour dégringoler les marches, surtout pendant les bombardements américains. Dressée au coin de la rue du Regard, sur le toit d'un bâtiment postal, la sirène porte beau ses cornets pour l'alarme ; histoire de les dérouiller, elle ulule, le premier mercredi du mois, à midi. Je commence en douceur je m'enfle je me gonfle j'appelle les humains à se cacher, terreur, je descends je me cache et puis je recommence je déploie je m'envole je hurle ! Je me calme. J'arrête. Ils sont partis. Personne. Plus besoin de chercher, il est midi. Tout le monde s'en fout, sauf, peut-être, ceux dont la mémoire tressaille, affolée.

Alerte ! Aux abris ! Il faut descendre à la cave ! Enroulée dans le drap, ma Blanche-Neige à la main, je me laisse porter par un grand moustachu aux poils doux. Il respire un peu vite, il se presse, il a peur. Je ne sais pas pourquoi le moustachu m'a enjoint de prendre avec moi ce que j'aimais le mieux, et ce fut la princesse de Disney en caoutchouc. La cave est chaude, éclairée par une lampe de poche, les mots sont limités, les souffles, suspendus, les dos se courbent, des mains me caressent, se crispent, et les bombes en tombant font trembler la chaudière. Rivka, ma mère, soupire. Après l'alerte, elle ira panser les blessés, une fois de plus. Je ne sais plus combien de fois la sirène a lancé son chant de chouette aveugle. Quand elle hurle aujourd'hui en temps de paix, je rentre les épaules, je me bouche les oreilles. Personne ne me porte, le danger est passé. La moustache qui me titillait la joue moisit depuis longtemps sous terre, dispersée sur un coussin blanc.

On fait mieux comme premier souvenir. Je n'en veux pas au Cherche-Midi, enfin, pas pour les bombes ; vers la fin de la guerre, il en a bien souffert. Un pâté de maisons, situé rue Saint-Placide, fut bombardé. Le reste, je ne l'ai pas vu ; les plaies, le sang, je les ai entendus de la bouche de Rivka. Les enfants ignorant qu'une guerre se termine, c'était l'état normal du monde à mes yeux. Maintenant que je suis de retour au pays, je sais, pour l'avoir vu, combien j'avais raison. Les sirènes qui ululent et les bombes qui tombent, c'est l'état normal du monde tous les jours. Vérifiable en direct certains soirs, sur écran, en vert fluorescent, explosions garanties ; les autres, les invisibles, tombent fort bien aussi. Toutes les nuits. Je déclare le Cherche-Midi innocent des bombardements.

Pendant la libération de Paris, mon père alla se battre sur la barricade. Hérissée de cuisinières usagées et de vieux fourneaux, la barricade était à deux pas, rue Saint-Placide. Une première ! Pendant la drôle de guerre, pharmacien aux armées, André-Yves avait voulu faire sécher son linge sur la ligne Siegfried, comme tout le monde ; mais à la place du rêve et des chansons perdues, recul jusqu'à Bordeaux. Il en était revenu soulagé, mais furieux, humilié jusqu'à l'os. Pas un seul coup de fusil ; parfaite déculottée. Alors, en 1944, imaginez l'élan ! Fièrement, André-Yves rapporta un poignard de SS, prise de guerre frappée de deux petites foudres, et qui fut accroché sur la bibliothèque, juste à côté des livres. Ce n'est qu'un coutelas, une chose pour éventrer, portée à la ceinture, non loin des bottes. L'homme à qui André-Yves prit l'arme aux foudres d'acier ne mourut pas au carrefour Saint-Placide, non. Il leva les bras derrière la tête et se rendit. Enfin, c'est ce que je me dis. Peut-être mon père l'a-t-il un peu poignardé au passage, je n'en jurerais pas, après tout. C'est vrai qu'il l'essuya longtemps, son trophée, au retour.

Ce jour-là, André-Yves fit justice. Il attrapa l'une des dénonciatrices et la gifla, aller-retour, vlan, vlan ! En public. Ce fut tout, c'est assez. À cette époque, Georges et Sipa étaient réduits en cendres ; dites-moi, qui l'imaginait au Cherche-Midi ? Le Juste allemand, sans doute, mais il fuyait. Dans Paris libéré, l'espoir recommença. Tout le monde attendait la chute du Führer, et quelques-uns en France attendaient leurs parents, partis de Drancy en train.

Était-ce l'euphorie des barricades ? L'appel du désespoir, ce vide qu'il fallait combler ? À peine revenue de la rue de l'Annonciation, Rivka tomba enceinte au Cherche-Midi. Aux attentes de la guerre s'ajouta la grossesse, de plus en plus pesante, car de Georges et de Sipa, il n'y avait pas trace. En vrac, Rivka attendait un enfant, ses parents, accessoirement la paix. Le Juste n'était plus là pour renseigner. Rivka était si angoissée qu'elle avait, Dieu sait comme, rencontré Pierre Laval en juin 44. Elle était faite ainsi, inconsciente, fofolle, capable de manipuler la terre entière pour se faufiler au bon endroit. Jusqu'au jour de sa mort, ma mère raconta cette étrange entrevue. « Ne vous inquiétez pas, ma petite fille, avait dit Laval. Vos parents, je ne vous dis pas qu'ils mangeront à leur faim. Ils auront froid en Pologne. Mais soyez sûre qu'ils reviendront. » Pierre Laval ne la dénonça pas. Et jusqu'au dernier jour, Rivka me répéta : « Je crois que cet homme était sincère, tu sais. » Sainte image d'Épinal ! Le salaud était un naïf compatissant.

Que Rivka ait eu tort ou raison, là n'est pas la question. Peut-être voulait-elle exonérer la France, poser sur l'Allemagne le seul poids de la faute, c'est possible. Encore que. Il faut voir, vous savez. Premièrement, un officier allemand l'avait sauvée ; deuxièmement, bien qu'elle fût dûment née à Paris, Rivka m'éleva dans l'idée qu'on n'est jamais tranquille en France. Valises prêtes. Bouclées pour le départ. C'est tout juste si elle n'ajoutait pas un agneau à manger à la hâte et debout, les reins ceints, comme le peuple de Dieu convoqué par Moïse à la veille de la sortie d'Égypte. Et ne pas oublier, avec l'agneau rôti, les herbes amères en mémoire. Les sales petits papiers du Cherche-Midi.

Maintenant que j'y ai posé mes valises, ne se passe pas un jour sans que je m'en souvienne. Où sont les délateurs ? Nulle part et partout. Ces lettres anonymes qui informent les juges, provoquent des affaires et des perquisitions, qui les envoie, en ce moment même, pour le fric ? On ne sait pas leurs noms – qui sont « identifiés ». Sautillant çà et là, les bons corbeaux de France dénoncent par écrit. Nous en avons eu douze : dix au Cherche-Midi, deux dans le Lot, un chevrier et un bedeau, qui expédièrent Georges et Sipa au gaz, à cause des primes. C'est assez pour avoir le violent désir d'en prendre un par le cou et de serrer, à mort. Jamais tranquille, et l'Égypte est partout.

Les rescapés revinrent par la gare d'Orsay avant d'être accueillis à l'hôtel Lutétia. Quand on va sur la droite jusqu'au boulevard Raspail, on ne peut pas le manquer. Cinq étoiles, glorieux des drapeaux du monde, élégant et massif. Ses balcons sont ornés de pampres, fesses d'ange, feuilles de vigne et leurs grappes, violemment éclairées, la nuit, en clarté fauve. Au bas des larges marches attendent deux chasseurs. Sofas, fauteuils profonds, cantonnières, draperies, volutes sur moquette. Vers le fond, c'est le bar, tamisé, comploteur, chips-olives. C'est un hôtel très chic de la Ville Lumière. Quand on m'y fixe un rendez-vous, je n'ose pas refuser. Il faudrait expliquer, mais au Cherche-Midi, on a tant rabâché qu'on n'a plus ce courage. – L'hôtel Lutétia ? Non. Autre part, s'il vous plaît. – Pourquoi ? Il n'est pas bien, ce bar ? – C'est-à-dire, voyez-vous, que, pendant la guerre, mes grands-parents… – Oh pardon, je ne savais pas. Je comprends.

Mines affligées, martyrologe, assez ! Dire n'est pas possible. Bouche cousue, sourire. L'hôtel Lutétia ? Entendu. Comme ça, je saurai si j'ai encore la nausée au bas des marches.

Je l'ai toujours. Jusqu'au terme de sa grossesse, Rivka m'emmena à l'hôtel Lutétia attendre ses parents. Au début, les revenants étaient des politiques. Ensuite, des prisonniers. Il y avait les autres, sans étiquette, les juifs, mais on ne le disait pas. Des premiers, on savait pourquoi ils avaient été déportés. Résistance, attentats, sabotage, antifascisme. Ceux-là avaient fait. Les juifs ? Ils n'avaient rien fait, eux. Pourtant, ils revenaient des camps misérables et pouilleux. Tous furent désinfectés à l'hôtel Lutétia, qui n'était pas si blanc qu'aujourd'hui.

Pourquoi ai-je la nausée au bas des marches, et pas à l'intérieur, pourquoi ? Mystère. Longer le Cherche-Midi, passer devant la Maison des sciences de l'homme, traverser le boulevard Raspail, atteindre le trottoir, épreuve à couper le souffle. Mais la porte à tambour franchie, je pénètre un autre monde. Je me dilate, je respire, je vais mieux. Longtemps, j'ai cru que la porte à tambour me servait de Charon pour traverser le Styx, mais c'était un peu court. Un jour, j'ai trouvé.

Bertrand, je le savais, était de ceux qui furent volontaires à l'accueil des réfugiés en 1945. Ce Bertrand-là m'intimide. Son œil déploie une ironie si vive qu'on n'y résiste pas, en tout cas, pas moi. La gaucherie me prend quand il est là. Une fois, suite à un deuil de cœur, j'ai beaucoup pleurniché sous l'œil de ce Bertrand, et j'ai dans la rétine ce que disait cet œil, pauvre cloche hystérique, va. Pensai-je. Enfin, après plusieurs années de préparation, j'ai questionné Bertrand. Je voulais retrouver le souvenir précis de ces murs, de ces pièces où l'on désinfectait. J'étais amnésique de ces murs-là. Bertrand les décrivit, gris, peut-être foncés, crasseux. Toujours rien. Il n'alla pas plus loin, car c'était difficile, même après tant d'années. Ma mémoire resta vide. Bertrand me suggéra d'aller voir une vieille dame qui en saurait bien plus, mais je n'eus pas le temps. C'était l'époque de mes allées-venues à six mille kilomètres de Paris, et le séjour suivant au Cherche-Midi, la vieille dame, celle qui prit soin des enfants d'Izieu, était morte.

Plus Rivka approchait du terme de sa vie, mieux elle supportait de me parler des faits. Il n'y eut pas de moment précis, pas de date pour la levée de l'interdit. Peut-être le procès Barbie. L'ouverture de la crypte, si tard, cela fit craquer les jointures du crâne, mais à peine, presque rien. Juste un soupir des os. Bravant le vieux tabou de l'année 1945, j'osai demander le pourquoi de mon amnésie sur les murs intérieurs. Tranquillement, ma mère m'apprit que les femmes enceintes n'avaient pas droit d'entrée à l'hôtel Lutétia, à cause du typhus. À l'intérieur, Bertrand se coltinait cela. À l'extérieur, au bas des marches, Rivka attendait avec son ventre plein et moi, accrochée à sa main. Donc, nous ne sommes pas entrées, et ils n'arrivèrent pas.

Encore rien, toujours rien derrière les barrières sur le trottoir de l'hôtel Lutétia. Des revenants émanaient des récits qu'elle ne voulut pas croire, non plus que les journaux, « propagande de vainqueurs », disait-elle. Contre les évidences, Rivka attendait. L'enfant qu'elle portait naquit. Enfin, vinrent un père et sa fille. Des témoins. Ils avaient pris le même train à Drancy, ils avaient fait partie de la sélection sur le quai d'Auschwitz, ils étaient, eux, restés du bon côté, ils avaient vu les parents de Rivka monter dans le camion, direction Birkenau, ils pouvaient attester que Georges et Sipa ne reviendraient jamais. Ma mère s'effondra. Son fils était né dans leur disparition.

Elle avait décidé d'accoucher au Cherche-Midi, loin des cliniques et des infirmières, dans la chambre conjugale, avec vue sur le mur de la cour. Ne voir personne. Pas le moindre morceau de ciel en altitude. L'enfant conçu rue de l'Annonciation vint au monde sans se faire prier. Mon frère était superbe, bien gros, cheveux bouclés, un ange. Mais jusqu'à l'âge de douze ans, il étouffa. L'asthme tenait son souffle et ne le lâchait pas. On lui transfusa du sang de Rivka, on le fit monter dans un petit avion, remèdes de sorciers impuissants. La seule thérapeutique restait la cigarette d'eucalyptus roulé qu'on lui fumait au nez. Herbes amères ! Pour sauver mon bébé de frère de l'asphyxie, il fallait l'enfumer. Quand les parents sortaient, crevant de peur pendant qu'il étouffait, je l'enfumai de mon mieux. Respire ! L'ange perdait son souffle, bronches sifflantes, nez pincé, paupières bleuies, respire !

Et quand mon frère fut sorti de l'asthme, ce fut mon tour. Je devins asthmatique, comme par un fait exprès. Nos souffles s'échangèrent et s'échangent toujours. Lorsque l'une perd sa respiration, l'autre lui dit « Mais non, tu ne vas pas crever ! » et, lorsque l'autre suffoque, l'une l'enfume encore, « Inspire ! » Et puis cela se tait. Silence dans les rangs. Il est temps d'expirer.

Le souvenir du souffle coupé persiste. Au Cherche-Midi, on a la mémoire accrochée aux poumons. Après la crise, un murmure de bronches siffle dans la poitrine la chanson de Sipa sur son dernier chemin : « Va, galoubtchik, n'aie pas peur, va nue puisqu'ils le hurlent, ne les regarde pas, va à la douche, la serviette sur le bras, entre donc et respire à pleins poumons, respire… » La honte d'inspirer encore quand elle étouffe !

Rivka ne sortit jamais tout à fait des barrières de l'hôtel Lutétia. Le jour où je revins du camp d'Auschwitz pour la première fois, elle s'en trouva mieux. Je devins préposée au cimetière de Georges et de Sipa. Rivka m'en parlait peu, « Alors ? – Alors rien, maman. – C'était comment ? – Pareil. » Elle se taisait toujours, mais elle était moins triste. Georges et Sipa se manifestaient plus souvent, une vision par-ci, un chuchotement par-là, une odeur. À chaque événement familial d'importance, Georges et Sipa étaient dans l'air ; et Rivka les sentait. « Ils sont ici ! » Plus Rivka vieillissait, plus ils étaient présents. « Ils m'attendent… », disait-elle en souriant. Tout cela, très doux. Rivka couvait leurs retrouvailles. La veille de sa mort, elle en fut avertie : signe certain, en songe, elle avait vu sa mère Sipa lui tendre les bras. À celle qui mourut étouffée loin d'elle, Rivka rendit son dernier souffle sans crier gare, à l'hôpital d'où elle devait sortir le lendemain.

Ses examens médicaux étaient irréprochables, mais, cette fois, Rivka avait ses raisons d'expirer. Elle me parlait souvent de ce grand rendez-vous. Pas qu'elle fût malheureuse, non. Elle divorça, se remaria, elle voyagea, elle vécut, elle aima. N'empêche. De 1945 à 1996, elle attendit de l'autre côté du boulevard Raspail, à l'endroit où ses parents auraient dû apparaître, désinfectés sous les murs gris du Lutétia. Parfois, elle était lasse d'attendre. C'est bien qu'ils soient ensemble, à la fin.

La coulée du boulevard Raspail est faite pour laisser s'engouffrer le plus affreux des vents. Sitôt le coin du Cherche-Midi passé, vlouf ! Il est là, qui cisaille. Il me semble – je n'en jurerais pas – qu'avant la construction de la Maison des sciences de l'homme, ce vent ne soufflait pas ainsi. J'aimais mieux la prison. Certes, elle était noire, hideuse comme une prison sait l'être. On voyait les barreaux aux fenêtres. Elle tenait sa fonction, elle n'était pas drôle, c'est vrai. Mais la Maison des sciences de l'homme n'est pas très gaie non plus. Étudier l'homme à la place d'une prison, l'idée était si riche qu'elle a beaucoup servi. Toujours des plaisanteries pour le Cherche-Midi. À quatorze heures ! Et allez donc ! L'homme en prison !

Pour agrémenter la maison consacrée à

l'Homme, on y a mis de l'herbe en garniture. Un triangle en pelouse, c'est plus coquet. Encore que. Il faut voir, vous savez. L'herbe pousse aussi entre les baraquements du camp d'Auschwitz. Elle remplit son devoir de mémoire à sa façon : elle pousse, l'herbe. En souvenir des jeunes résistants arrêtés en 1940, le 11 novembre exactement, on a planté des stèles totémiques, étrangement trouées d'yeux minuscules. C'est sinistre. Ils étaient lycéens, foutus d'avance, ces gamins qui bravaient l'ennemi en public en défilant sur les Champs-Élysées. Pourquoi des héros en herbe auraient-ils pour regards des trous vides, pourquoi ces pierres brutales à leur mémoire ? Auschwitz, c'est pareil. Blocs de pierre à Birkenau. Pitié, bon sang, du vide !

Par chance, quelques roses trémières hissent à cet endroit leurs hampes. La rose trémière a la corolle bravache, mais fragile ; quand une fleur se fripe, une autre naît. Elle pousse comme du chiendent, la rose trémière ; rien ne la décourage. Je suis la porte-fleur, coucou, c'est moi, la campagnarde ! J'égaie, voyez comme ! Bienvenue au village ! Une fois traversé le boulevard Raspail, entre la pissotière et la statue de bronze, nous avons le square aux enfants. Sept marronniers, deux bouleaux, quatre bancs et François Mauriac. Et puisque le capitaine Dreyfus a été dégradé dans la prison du Cherche-Midi, on a posé sa statue ailleurs, loin d'ici. La placer dans le square d'à côté eût été trop logique, peut-être simplement impossible au regard des fichiers de l'administration. Donc, au square miniature en triangle, le très catho veille sur les petits, qui n'ont guère de sable pour jouer. N'importe ! Tout simule en ce lieu le normal, le gros bourg, la place de la mairie ; il ne manque plus que l'horloge du clocher. À la place, nous avons les sifflets des chasseurs de l'hôtel Lutétia, les taxis, le marché biologique, et les boutiques chic. C'est un quartier huppé, attention. En cas de manif descendant de Denfert-Rochereau, on baisse le rideau de fer dans les boutiques. Seul le vent se rappelle qu'il souffle parce qu'on a voulu effacer la prison. Pas l'hôtel Lutétia.

À propos, j'oubliais. C'est plus fort que moi, quand je remonte le boulevard Raspail en voiture – ça va vite – les drapeaux que je vois flotter sur les lumières sont rouge et blanc, marqués d'une croix gammée bien crochue. Avant la libération de Paris, l'hôtel avait été réquisitionné par l'Abwehr, services de renseignements de l'armée allemande, où travaillait le Juste de ma mère. Tout près du Cherche-Midi, assez pour qu'il puisse prévenir à temps, en marchant à pied. Dans ces cas-là, je songe à Leibniz, l'auteur de la *Théodicée*, qui s'échine à montrer que tout événement, organisé par Dieu, obéit à la meilleure logique. Donc, tout est pour le mieux dans le meilleur des mondes : la preuve, si l'hôtel Lutétia avait été plus loin, le Juste n'aurait pas pu donner l'alerte. Non ?

Si, allez ! Rivka a fini par trouver ses parents, la guerre est terminée, l'Allemagne est amie, les Justes ont leur petit pin planté à Yad Vashem et les dénonciateurs n'étaient pas allemands, mais français. Il m'a fallu longtemps pour pardonner. En m'efforçant, j'y arrive. Démonstration.

Les Justes sont dispersés dans les groupements d'hommes. Soit une communauté : par définition, le Juste est là-dedans. On ne le connaît pas, il ne se connaît pas. Il est unique en son genre, seul différent. Une communauté de Justes est une contradiction, ou cela se saurait. Cela ne s'est pas vu, cela n'existe pas. La France étant une communauté ordinaire, elle eut son contingent de Justes, ici ou là. Quantité suffisante pour en faire un pays. Ni plus ni moins qu'un autre, un simple pays avec ses sauveteurs, ses résistants, ses Justes, ses délateurs, ses traîtres, ses Injustes. Pays banal.

J'ai du mal à l'admettre. Il faut que je me force, et je sais bien pourquoi. C'est à cause de la phrase que, paraît-il, a dite mon grand-père Georges lorsque les maquisards vinrent le prévenir. « Arrêté, moi ? Mais je suis un Français ! » Georges ne se cacha pas, parce qu'il était français.

On dit qu'il fut inconscient. Je préfère penser qu'il fut consciencieux. Fidèle, à lui, à nous, à son pays. Il était radical-socialiste, franc-maçon, fourreur de son état, français, on ne peut mieux. À Tiflis, Georges, le petit juif, interdit d'études médicales, avait été un révolutionnaire anti-tsariste, à l'époque de la révolte des marins du cuirassé *Potemkine*, en 1905. Il s'était évadé de prison dans un panier de linge sale, enfoui dans le chariot que conduisait son frère infirmier. L'insurrection de 1905 n'avait pas donné de grands résultats, excepté le cœur à gauche de

Georges. Arrivé à Paris, que fait un jeune réfugié juif fauché ? La peau.

Georges fut apprenti pelleteur rue des Rosiers, et puis, le travail aidant, fourreur près des grands boulevards. La gloire ! Il devint très mondain, porta l'habit, le chapeau-claque, le smoking. La sortie du ghetto, il l'avait voulue. En public, sa femme Sipa s'appelait Cécile. Il avait exigé de sa fille de solides études, et qu'elle eût un métier. Pour la rendre française, en 1914, il avait adapté le prénom hébreu de Rivka et l'avait déclarée à l'état civil de Paris « Raymonde », comme Raymond Poincaré. Il avait même admis qu'elle épousât un goy, lourde infraction aux lois de la communauté juive. Donc, Georges fut consciencieusement français. Reconnaissant au pays d'adoption où il s'était fixé depuis 1906. C'est mon idée à moi, j'entends qu'on me la laisse.

Elle serait parfaite, mon idée, sans Sipa. On dit qu'elle était si lasse qu'elle ronchonna. Partir dans le maquis ! Volumineuse, Sipa marchait avec difficulté et elle était fragile, menacée de phlébite pour un oui pour un non. Dans la chambre d'hôtel où, depuis quatre ans, ils vivent en bonne harmonie avec ceux du village, un maquisard arrive et leur dit de s'enfuir. Georges et Sipa ont été dénoncés la veille à la Milice. C'est la veille du 1er mai 1944. Sipa est allongée sur le lit, comme toujours. Georges réfléchit un peu, voit sa vieille compagne, l'imagine marchant dans les Causses, essoufflée, cachée dans une grotte, sans eau courante, sans électricité, dormant à même le sol… Et sa phlébite ? Alors il dit la phrase, bravement. « Arrêté, moi ? Mais je suis un Français ! » C'est presque la même chose, Sipa en plus. Imaginer Sipa dans le wagon plombé est si dur que, jusqu'à l'irruption des témoins au Cherche-Midi, Rivka préféra croire qu'ils étaient morts en route. De chaleur, de soif, d'arrêt cardiaque. C'était son idée à elle, qui avait l'avantage d'éviter l'arrivée sur le quai et le gaz Zyklon B. Du côté des idées, on ne sait que choisir entre pire et bien pire. Mon grand-père eut raison, même s'il avait tort.

Je ne sais pas comment sont les Français. Je veux dire les vrais, j'ai failli dire « de souche ». Obscénité ! Qui peut écrire les mots « de souche » sera dénonciateur de juifs un jour. Qu'est-ce qu'une souche ? Combien d'années faut-il pour une racine ? Cela dépend des arbres. En Inde, un bougainvillier fait les siennes en deux ans. Quarante années pour faire souche de Georges, n'était-ce pas suffisant ? Pourtant, il était assez bougainvillier. Mine de rien, pointant ses feuilles et, d'un coup, lançant sa pousse comme une canne à pêche en s'entortillant au support, le bougainvillier dissimule sa croissance sous un torrent de fleurs. Une fois l'esbroufe éteinte, les racines sont plantées. Multiples, têtues. Au sol, les fleurs éparpillées ne fanent pas encore. Tel était Georges. Le jeune étudiant évadé des prisons du tsar ne s'embarrassa pas du terreau sur lequel il allait pousser à Paris. Rue des Rosiers d'abord, rue de Paradis ensuite. Pour floraison, il eut sa fille unique, qu'il habilla de plumes et de perles cousues. La petite princesse de la rue de Paradis eut une enfance heureuse, à une réserve près. Une seule, toujours la même. L'attente.

Georges et Sipa avaient la passion du jeu. Quand on n'était pas au casino, on jouait aux cartes à la maison. Mais Georges aimait sortir, et Sipa le suivait. Et pendant qu'ils flambaient, la petite Rivka attendait ses parents. Tard le soir, tôt le matin, sur le balcon, tout le temps. Puis, un jour que Rivka accompagnait sa mère aux eaux thermales, Sipa s'en fut au casino ; l'habitude. Elle perdit si bien qu'elle fut obligée d'expédier à Georges un télégramme, pour la note d'hôtel. Quand elle eut en main le mandat postal, Sipa fut le jouer et se refit, assez pour offrir à sa fille un collier d'argent et de topazes que Rivka me donna, quand j'eus l'âge qu'elle avait alors, quinze ans. Aujourd'hui, depuis ses quinze ans, c'est ma fille Cécile qui le porte. Ce collier de jeune fille est le prix de l'attente : vont-ils flamber ce soir ?

À dix-sept ans, j'étais khâgneuse et malade, clouée au lit par une longue infection du sang. J'eus l'autorisation médicale d'aller au bal de Normale sup, permission de minuit, sans trop danser. Je portais le collier de topazes et d'argent sur une robe de tulle, et je rentrai à l'aube, bien plus tard que prévu. Penchée sur le balcon du Cherche-Midi, Rivka m'attendait, en proie à une angoisse démesurée. Quoi ! Ce n'était pas grave, après tout. Qu'aurait-il pu m'arriver ? Tout ! fut sa réponse. Autant dire rien. Rivka n'avait pas de colère, non, elle s'angoissait comme dans son enfance, suspendue au balcon des mauvaises nouvelles. Je déteste le jeu, là n'était pas le risque. Je n'irais pas flamber mon porte-monnaie au casino. Non. Seulement, le risque selon Rivka était vissé dans l'âme, en attente depuis l'aube de sa vie. L'angoisse n'est jamais sans objet. Enfant, on aurait dit que Rivka pressentait de loin le Zyklon B. À la fin des fins, Georges et Sipa allaient-ils flamber ? La réponse fut oui. Ce n'était pas de jeu.

L'angoisse n'avait servi à rien. Le paiement de la dette magique était demeuré sans objet. Plus question de se refaire, jamais. Il fallut donc survivre avec du résidu. Rivka, qui avait hérité la passion du jeu, joua comme papa et maman, mais limita strictement ses dépenses à dix francs la soirée de casino. Elle en avait gros cœur, mais elle s'y tint. Faute de mieux, elle joua aux loteries offertes aux citoyens français, aux publicités fracassantes d'où revenaient, par la poste, montres en or plaqué, réveils, coucous suisses. Elle déploya de louables efforts pour transformer le jeu en patrimoine, simulant de bon cœur de vraies acquisitions à Drouot. Je n'y fus qu'une fois. Un tapis bleu passa, chinois, laineux, avec un oiseau blanc.

Venue pour une commode, Rivka leva le doigt. Pourquoi ? Mystère. Mais elle, le feu aux joues, me fixa et lâcha : « Pour jouer, voyons ! » Rivka eut le tapis, qu'elle ne trouva pas beau. Elle s'en foutait. L'excitation du jeu suffisait. Ce n'est pas elle qui se serait ruinée, oh non ! Avec du résidu, on joue petit, on triche. À ce jeu-là, Rivka ne craignait personne.

Ce flamboiement m'est tellement étranger que je peine à comprendre ce qui se complota, dans ces espaces intimes où la crainte et le risque se nouent étroitement, comme les racines du bougainvillier. Flamber, mon Dieu, pourquoi ? Je m'exile, je travaille, je m'implante, je grimpe, je m'accroche, je me hisse et je brûle… Quelle est donc cette espèce qui se shoote à l'angoisse ?

Contraphobique, dirait le Dr Freud. Soit une peur intense, nommée phobie. Pour la neutraliser, il faut un antidote rigide, austère, déterminé. La contraphobie s'occupe des phobies avec entrain : le paresseux chronique a si peur de sa flemme qu'il travaille avec acharnement, le prof déteste les enfants, l'infirmière a horreur du sang. Les contraphobiques ont une morale d'enfer. Ah ! Tu ne veux pas entrer dans l'eau. Attends, carcasse ! Tu deviendras nageur de compétition. Et la carcasse suit, bien obligée. De cette étoffe sortent les prix Nobel, les grands saints, les mystiques et les hommes d'État. Volontés de fer. Le contraphobique ne cédera jamais sur sa peur ; la sainte avalera le crachat du lépreux, l'homme d'État, les diffamations, le Nobel, les émanations de radium. Et Rivka avala le jeu. La petite qui attendait ses parents au balcon avait de bonnes raisons d'avoir peur : comment vont-ils rentrer ? Sans le sou ? Pour éviter une peur précise, l'angoisse est un moyen sûr. Que va-t-il arriver ? Tout ! Ils reviendront malades, ils se seront perdus, ils ne reviendront plus... Que pouvait-il m'arriver au bal de Normale sup ? Évanouissement, amourette, enlèvement ? Tout ! Autant dire rien. Si j'angoisse assez fort, il n'arrivera rien de rien. C'est à peu près ce qui se passa dans la vie de Rivka, sauf une fois.

Après la catastrophe, elle trouva refuge dans une association hindoue établie à Paris, la Ramakrishna Mission. Comme je le découvris plus tard à Calcutta, la Ramakrishna Mission, fondée par un mystique œcuménique à la fin du XIXe siècle, se contente de soigner les gens, non sans quelques chichis, toge safran, « OM » mystique et lotus à l'appui. Dans les années cinquante, le Cherche-Midi vit un jour débarquer une Rivka sanglée de safran, armée d'une conque sacrée résonant grave. Les hurlements de rires qui l'accueillirent la firent à point nommé ranger le safran au placard.

De cette époque, je conçus une absolue phobie de l'Inde. Longtemps, cet univers représenta pour moi le comble du fumeux et de l'escroquerie, la mafia de l'esprit, l'occultisme, le désastre. L'idée d'aller en Inde m'était si effrayante qu'une fois au Quai d'Orsay, je refusai tout net de m'y rendre en mission. En Inde, moi ? Jamais de la vie ! Pourquoi pas le trottoir, pendant que vous y êtes ! Non, je n'irai pas. Envoyez quelqu'un d'autre. J'ai la phobie de l'Inde, voyez-vous.

Le Quai d'Orsay est assez bon garçon, mais il ne faut pas l'embêter trop longtemps. Six mois plus tard, on me mit dans l'avion pour Delhi. La phobie me troua les entrailles une nuit, et quand je m'éveillai, tard dans l'après-midi, deux perroquets flirtaient sur une branche. Des battements de mains rythmaient sur des tablas un roulement léger, et les klaxons couinaient dans la rue. L'air poudreux sentait le miel, la cendre et la bouse de vache, et c'était l'Inde, la vraie. Celle de ma phobie disparut ce jour-là. J'y retournai souvent, puis j'y vécus cinq ans, sur ordre de mission – car on ne sait jamais. Bénie soit la phobie venue de Rivka ! Elle m'évita d'aimer l'Inde en aveugle, d'adorer tout et rien pourvu que l'encens brûle, et ces sortes de choses, sornettes et quincailleries, je les ai vues détruire bon nombre de Français.

Rivka aurait pu y passer, toute crue. Nous y mîmes bon ordre juste à temps. Mais en Inde, je compris ce qui l'avait poussée vers la toge safran. C'est si simple, la réincarnation ! Plus de mort véritable, plus de disparition. Ils sont réincarnés, ils vivent, quelque part. Sur ce point, le judaïsme ne fait pas de cadeau : le mort tombe en la fosse du shéol, c'est-à-dire le néant. Il n'est d'autre survie que la mémoire des enfants. Cela marche assez bien. La fosse du shéol exige l'enterrement juif : vêtements déchirés, visage non lavé, cheveux non coiffés, l'endeuillé expose sa douleur et, du coup, la connaît. La *qeriah*, profonde déchirure pour laisser voir le cœur, ne se pratique que sur le côté droit, sauf pour le père et la mère. Cœur ouvert, chemise coupée à gauche, c'eût été, oui, un bon deuil.

Mais sans cadavre ? Sans tombe, et sans enterrement, comment tenir la mort ? Il dérive, il s'en va, le deuil, à tous les vents. Privée de l'essentiel, Rivka eut besoin d'un baume. Parmi les gueules cassées de la Shoah, Rivka ne fut pas la seule à le trouver en Inde, continent où l'identité se perd obligeamment. À l'époque, pour retrouver ses chers disparus, on pouvait y disparaître à son tour, s'inventer un nom sanscrit, se refaire une mémoire, suffisamment purgée par la méditation. Apparemment, Rivka n'eut pas besoin de ces subterfuges : le simple baume de la réincarnation remplit parfaitement son office, car elle se défit du safran sans manières.

C'est ce que je croyais. Oh, comme je me trompais ! Vers ses quatre-vingts ans, Rivka se mit à reparler du safran. Dans ces années de deuil, me dit-elle, une adepte avait étudié son thème astral, et lui avait donné l'année exacte de sa mort. À l'époque où Rivka osa s'en ouvrir à moi, j'avais assez vécu en Inde pour savoir qu'aucun astrologue indien n'a le droit de préciser la date de la mort d'un client. Lorsqu'un professionnel découvre que son client va mourir dans l'heure, il applique une formule consacrée. « Tous vos ennuis, vos petits tracas vont cesser d'un coup. Je vois un grand soleil ébloui… » En dire davantage relève de la faute caractérisée. J'en ai questionné cinq, histoire de vérifier. Aucun doute : l'adepte avait gravement fauté.

Et j'attaquai. Allons, sois sérieuse, maman. Cela fait quarante ans ! Ton astrologue était une toquée on ne peut plus française, hindoue de pacotille, une incapable qui, une illuminée que… Sais-tu qu'en Inde il est interdit de prédire une date exacte ? Trop facile ! Mourir au doigt et à l'œil, hein ? Rivka m'écouta sans un mot. L'échéance du thème laissait encore trois ans. La menace s'insinuait dans le flou. Quel jour ? Quelle heure ? Il n'est pas un matin où je n'ai vérifié, téléphone aidant, l'état de Rivka en attente de son astre. Oui, elle y songeait. Oui ! Que faire quand on connaît la date ? Vers la fin, elle éludait mes objections. Plus d'angoisse. Calme plat. Nous étions dans l'année fatidique. Quand Rivka exigea d'être hospitalisée pour un *check-up* complet, je la trouvai prudente. C'est ainsi qu'elle passa. À quatre-vingt-trois ans, c'est entendu, mais à l'heure. À la date de juin où ses parents moururent, l'année prédite. Une volonté de fer, je vous dis.

Ce rendez-vous avec l'Inde, elle ne le manqua pas. L'hindoue de pacotille habitait rue du Cherche-Midi, dans le même immeuble que l'officier allemand – je l'ai là, sous les yeux, par la fenêtre, à gauche. Sauve qui peut ! L'Inde aida Rivka à vivre et à mourir, et ce fut son affaire intime. Dix ans plus tôt, elle m'avait fait jurer, au cas où son corps subirait d'humiliantes atteintes, de l'aider. Je fis ce serment. Chez elle, loin du Cherche-Midi où elle n'habitait plus, Rivka avait caché le poison nécessaire, prélevé sur l'armoire cadenassée de sa pharmacie. Tout le temps que dura son obsession safran, je cherchai à savoir où elle avait planqué ses réserves de mort. Elle ne me le dit pas et ne s'en servit pas. En rangeant ses affaires, dissimulée dans ses chemises de nuit, je trouvai une boîte des années quarante, en carton ocre cerné rouge : André-Yves, pharmacien. Lauréat de la faculté de Paris. À l'intérieur, quinze ampoules Specia Paris, solution DD à 2 %, sérum physiologique 2 cm^3, plus quelques molécules létales aux noms barbares et un papier plié en quatre contenant une poudre beige. La poudre, en cas d'urgence et de Gestapo, les ampoules, pour qu'un jour, sa fille les casse dans une seringue s'enfonçant dans le gras de sa cuisse.

Rivka n'était pas peureuse. Au cours d'une de ses cavales, en compagnie d'une vaillante anglaise, vieille dame alcoolique et revolver au poing, Rivka affronta la Gestapo nez à nez. Je ne l'ai jamais vue trembler dans les cas graves. Pour m'exhorter, elle n'avait pas sa pareille. « Laisse-toi couler et quand tu es au fond, tape du pied et remonte ! Qu'est-ce que c'est que ces manières de femmelette ! » Prête à crever d'angoisse quand rien ne l'inquiétait, mais debout sur la barricade, pavé en main. Les vétustes ampoules et la poudre ont été son fusil, sa grenade. Les jeter, plus souvent ! Viatiques. L'outillage de Rivka n'est pas fait pour l'usage, mais pour le repos de l'esprit.

Elle m'épargna la peine de tenir mon serment. J'étais si peu inquiète que je quittai

Paris pour le week-end. J'ai gardé l'aquarelle que je fis ce jour-là, tant les vertes collines et la petite église y exaltent la beauté et l'amour de la vie. À la nuit, mon frère téléphona. « On me dit que maman est morte ! » s'indigna-t-il, comme s'il n'admettait pas cette plaisanterie. Il allait vérifier. Dans les instants qui suivent ce genre d'annonciation, le chemin parcouru est étrangement calme. Pourtant, on franchit d'immenses géographies, on passe d'un monde à l'autre, on enjambe le temps du quotidien pour s'enfoncer dans la mer océane où l'on coule à pic, on sait qu'on va suffoquer ; cela s'appelle épreuve. Je repris ma respiration. Bien sûr que c'était faux. Mais quand même, et si ? Non. Puisqu'elle allait très bien. Meurt-on sans prévenir ?

Oui. Banalement. Bien sûr que c'était vrai. « Je confirme », dit mon frère quelques minutes plus tard. Donc, c'était officiel. J'eus très froid. Des mains amies m'enveloppèrent d'une grosse couverture. Assassinée six mois plus tard, la jeune amie dont les mains m'avaient réconfortée repose aujourd'hui dans le petit cimetière à côté de l'église, celle sur l'aquarelle de ce beau jour de juin.

Mon frère et moi prîmes grand soin de respecter le rite du deuil juif. L'enterrement eut lieu en pleine gloire, au soleil d'un printemps tonitruant. Sur le drap du cercueil brillait la bonne étoile, qu'elle avait refusé de porter du temps qu'elle était jaune. Selon la coutume, mon frère lut un discours devant le corps invisible. Il l'avait écrit en pleurant, me l'avait lu sans larmes ; nous étions absolument seuls, seuls au monde tous les deux. Au cimetière, mon frère avait dans l'œil une sorte de joie en évoquant les coups de téléphone quotidiens qui, pendant vingt années, nous lièrent tous trois, Rivka, lui, et moi à l'autre bout du monde. De quoi engraisser les PTT, dit-il. Ou bien France Telecom, je ne sais plus. En l'honneur de la morte, nous avons ri pour elle, car elle le méritait.

De la rue des Rosiers, Rivka avait gardé une gouaille intacte et rigolote. Le petit doigt en l'air, elle s'adressait aux maîtres d'hôtel chic d'une voix distinguée : « Garçon ! De la flotte, s'iou plaît ! » Mélangeant à plaisir le toc et le bijou, elle annonçait le prix de ses robes en public : « Cent balles à Monoprix ! » Un jour, rue Saint-Placide, j'avais quoi, dix ans, elle sursauta, la main sur la bouche : « Mince, j'ai oublié de mettre ma culotte… » Et poursuivit notre chemin, le cul à l'air. La petite princesse juive avait fait à l'envers la route de *My Fair Lady* : les plumes d'abord, l'argot ensuite. Oui, elle méritait qu'on rie et qu'on plaisante, maintenant qu'elle avait quitté le Cherche-Midi.

Restait le plus dur. Il faut bien enterrer un cercueil à la fin. Lire le kaddish, glorifier Dieu.

Après avoir choisi le rite de la religion juive réformée, Rivka avait expressément prévu par testament que ses deux petits-fils réciteraient le kaddish des morts en sa mémoire. Lorsque mon frère et moi informâmes le rabbin de la synagogue de la rue Copernic, il haussa les sourcils : visiblement, Rivka n'y connaissait rien. Selon les Lois de Moïse, seuls les héritiers directs sont habilités à réciter la prière sur la tombe des parents. Même lui, le rabbin réformiste, n'y pouvait rien. En revanche, il nous proposa de chanter le kaddish à deux voix. J'en fus sidérée, car les Lois interdisent cet exercice aux femmes. Du moins en théorie, croyais-je. « Mais ce n'est pas possible ! » dis-je au rabbin Williams. « Ah ! Vous n'allez tout de même pas être plus kascher que le pape ! » s'écria-t-il, avec la joie qui sied à un enterrement juif. J'eus donc droit au kaddish en dépit de Moïse. Penchés sur le gouffre où Rivka s'enfonçait, mon frère Jérôme et moi nous récitâmes les phrases en suivant le texte phonétique, voix d'homme et voix de femme unies dans le même souffle réformé.

Je continuai obstinément le deuil de Rivka en Afrique, où je vivais. Cérémonie trente jours après l'enterrement, bougies devant son portrait, un an. Avec les rites, on n'est jamais assez sérieux, surtout quand on est mécréant, encore plus quand maman n'a pas pu. Lorsque je m'absentais de Dakar, mon ami Alassane, en pieux musulman, allumait les bougies à ma place. Depuis lors, avec une singulière piété, il me téléphone tous les 1er novembre : le jour des morts chrétiens pour une mère juive, célébré par un musulman, je ne sais rien de plus parfait. Georges et Sipa n'eurent pas cette chance. Faute de restes mortels pour ses parents, Rivka se fabriqua ses rites en bric-à-brac de l'Inde ; ce fut mieux que le rien de l'hôtel Lutétia. De sa période hindoue, elle garda deux choses : ce maudit thème astral et l'amour de la vache, animal qu'elle voulait pour se réincarner. Cette vache qui en Inde ne fait rien, mâchonne ce qu'elle trouve, vagabonde sans risques puisqu'on ne la mange pas, cela lui convenait. Vache sacrée en Inde. Enfin un vivant interdit de massacre !

Ce fut un éternel sujet de plaisanteries. La vache cachait le thème astral allégrement. Mais avec les plaisanteries du Cherche-Midi, vous savez… Depuis que Rivka est morte, un décret tente en vain d'interdire la circulation des vaches à New Delhi. Elles font désordre, les vaches. Elles encombrent. En cas de sécheresse, les paysans n'ont pas le droit de les abattre. Ils les conduisent dans les enclos où on les attache au piquet. Ce sont des mouroirs à vaches. Parce qu'elles sont sacrées, elles y crèvent de faim avec des meuglements. Personne n'y touche, personne ne les nourrit. On n'est sûr de rien en se réincarnant. Jamais tranquille, et l'Égypte est partout.

Tout près du Cherche-Midi se trouvait un couvent, rue de l'Abbé-Grégoire. La pharmacie de Rivka étant la plus proche du couvent, les religieuses venaient s'y approvisionner. Rivka papotait avec les bonnes sœurs interminablement ; si une chose est sûre, c'est que de ce couvent ne sortit aucune dénonciation. Après la guerre, Rivka m'envoya jouer dans le jardin, sous la protection des longues jupes grises. J'y étais comme chez moi. C'était une Égypte acceptable. Au fond d'une petite grotte, la statue de la Vierge de Lourdes tendait ses poignets blancs. Immenses, les marronniers étaient roux en automne, et on me fit prier, avec des chuchotements. Prier, je ne sais pas, car j'ai horreur du jeu. Donc, quand je prie, je rêve, le temps n'est pas perdu. J'y étais en sécurité, seule à souhait. À l'extérieur, le Cherche-Midi vivait bruyamment sa vie. Là, sous les marronniers, tous les bruits s'étouffaient. Pourquoi ce grand silence dans les couvents ? Tranquille, pour une fois ? Pas sûr.

À cause des bombardements, j'avais pris l'habitude de dormir entortillée dans mon drap. Le tchadri, qu'il m'arriva de porter sur les routes afghanes par prudence, a des grillages de broderies pour respirer ; mon drap n'en avait pas et donc, il était goupillé pour m'étouffer. Chaque soir, avant d'aller dormir, Rivka me détortillait. Mon frère et moi dormions dans la même chambre, amputée d'un bon tiers par une cage d'escalier qui descendait dans la boutique d'en dessous, *Vins Nicolas*. Tous les jours à six heures, nous étions réveillés par la carriole à vins, tirée par deux chevaux. Ils hennissaient parfois. Le bruit des caisses, des roues, les pas des animaux, leurs souffles quand ils encensent… Bruits de village. Les chevaux disparus dans les années cinquante, les klaxons prirent le relais. Encombrements, injures, bagarres, embouteillages. Dans les années soixante, on mit un sens unique, et, dans Paris, les klaxons furent interdits. Mais le Cherche-Midi raffole du bruit.

Embouteillages, bagarres, injures, klaxons. Cela n'a pas changé, pas plus que les bonnes sœurs qui viennent se fournir à la pharmacie. Cependant, au carrefour, il y a du nouveau. Une fois par semaine, bingo ! À la nuit tombée, l'accident. Rien de grave : tôles froissées, constants. Les fenêtres s'ouvrent, on lorgne, on évalue. C'est la grande attraction, surtout en été. Il n'y a presque plus d'animaux. En Inde, la vraie, les animaux font partie de la vie des hommes. On croise dans les rues moutons, ânes, zébus, éléphants, buffles, ours dressés, singes. Mais au

Cherche-Midi, que reste-t-il ? Les poneys du jardin du Luxembourg et une chèvre acrobate, une fois par an, perchée sur un tabouret. En échange, nous avons les chocs au croisement, l'orgue de Barbarie, deux clochards avinés qui chantent à tue-tête et les jeunes gens aussi, de l'école de commerce, heureusement qu'ils sont là pour le bruit. Tout, plutôt que le son de la sirène ! Sinon, je m'entortille, en mémoire.

C'est vrai que je ne raffole pas du calme, ni du silence.

Du bruit, il y en eut au Cherche-Midi. De l'autre côté de la cloison, le retour de la paix produisit de la joie. On n'imagine plus aujourd'hui l'explosion de vie qui achève une guerre, lorsque la paix est là. Il fait froid, on a faim, et alors ? Il fait jour. La nuit, il fait bon dormir tout son soûl, se réveiller tranquille, s'étirer dans son lit, la sirène s'est tue. Si quelqu'un sonne à six heures du matin, ce n'est plus la Gestapo, disait-on, c'est le laitier et c'est cela, la paix. Du ciel, rien ne tombe que la pluie, ou la neige. C'est fini ! Ils avaient beau manquer de viande et de chauffage, compter sur les tickets de rationnement, ceux du Cherche-Midi s'éclatèrent.

Il n'est pas d'autre mot, même s'il n'est pas d'époque. Malgré tout, André-Yves et Rivka avaient traversé la guerre, un fils leur était né. Au désert de ma mère poussèrent d'autres racines. Les miennes, je ne sais plus. Il paraît que je ne fus pas ravie d'avoir pour rival un poupon roi.

Mais eux ! Sous l'effet de la paix, les attachements du Cherche-Midi craquèrent comme la peau de chitine lorsque le papillon sort de la chrysalide. La forme demeure, mais elle se ratatine et l'adulte apparaît, fragile. Le corps tremblant devant l'espace libre, il fait sécher ses ailes, et cela dure un temps. Les antennes commencent à vibrer, et, les ailes déployées, le papillon s'envole, laissant un peu de poudre sur la feuille. Les premiers jours, la paix était bizarre, anormale après six ans. André-Yves trembla devant la liberté et s'éprit de Pauline, cousine de Rivka.

Le père de Pauline avait disparu près d'Ypres, pendant la Grande Guerre. Pas de tombe. Seuls restes revenus, ses décorations. Martha, sa veuve, se remaria. En 1940, son second époux était mort. Pour protéger sa famille, Martha s'engagea dans un foyer juif gardé par des soldats allemands. À la conférence de Wannsee sur la Solution Finale, en 1942, le plan secret nazi fut arrêté dans le moindre détail. Les foyers juifs en firent partie : regrouper le bétail était une sacrée bonne idée. Méthodiques, les nazis raflèrent les gens du foyer de Martha au moment voulu. Martha ne revint pas. Pauline se réfugia dans le même village que Georges et Sipa, avec son mari et sa fille. Et en mai 1944, avertis de la même façon, Pauline et sa famille filèrent au maquis. Ils s'en sortirent.

La liberté venue, Pauline et André-Yves s'aimèrent de la main gauche. Et que fit Rivka ? Elle s'éprit de Marcel, associé d'André-Yves, marié de son côté. Oui, même Rivka se surprit à tomber amoureuse, c'est dire. Ils n'avaient pas trente ans, ils voulaient du neuf. Ils s'aimèrent tous à la folie. Le deuil s'entortilla à l'amour comme le risque, au jeu. Après les mauvaises foudres gravées sur les poignards, leurs corps avaient besoin de bons vrais coups de foudre, interdits, clandestins. Au lieu de se cacher des bombes dans la cave, ils se cachèrent pour baiser dans un lit. C'était enfin la paix et l'existentialisme.

Ai-je dit combien Rivka était belle ? Sans doute pas assez. L'arc de son sourcil formait un parfait demi-cercle, sa peau était d'ivoire, ses lèvres, charnues, foncées, couleur de la prune dite Sainte-Catherine, un peu rose, un peu mauve. Son regard avait de la mélancolie, une eau noire aux reflets de lune ; son nez était bombé, et son sourire, rien moins qu'éclatant mais triste, plein de langueur retenue. Avant son mariage, Rivka avait l'allure d'une fille bien en chair, gracieusement assise sur le capot d'une voiture, en capeline transparente sur ses cheveux sombres. Elle portait le béret à ravir. Dans sa blouse d'étudiante en pharmacie, elle était épatante, l'air crâne et gai des jeunes femmes au travail. Ses hanches s'arrondirent en portant des enfants, et son corps prit de l'aise. Avec Marcel vint l'heure de la volupté. Il avait les yeux bleus à se noyer dedans. Et il était juif, lui. Mon père ne l'était pas.

Farouchement rebelle à son éducation chrétienne, mauvaise tête, mais cœur tendre, André-Yves aima Rivka follement. Puis, ayant de la suite dans les idées, il désira follement Pauline, qui n'était pas moins juive que Rivka. Pauline était blonde à l'époque ;

sa peau, couleur mirabelle, est toujours dorée, piquetée de taches de rousseur. Ses yeux ne sont pas noirs, mais jaune sombre, pailletés de bonheur et par temps de malheur, d'un brun doux et luisant, comme le pelage d'un petit animal surpris par la pluie.

Avant d'être cousines par alliance, Rivka et Pauline étaient amies d'enfance. Les deux venaient de perdre leur mère en camps. Et quoique leurs beautés fussent très différentes, la même caresse habitait leurs visages, et les mêmes pommettes saillaient sous le tendre des joues. Légèrement kalmoukes, ces pommettes attiraient l'Orient, le loukoum ou l'Afrique exilée, comme le lisse défait de Billie Holiday. Telles sont les fiancées juives, voyez Rembrandt : les joues rondes, prêtes à fondre, résistent sous les chocs, car elles sont bagarreuses, les fiancées juives. La griffe n'est pas loin pour défendre son territoire, ses petits, sa propre vie. Fils d'une mère admirable à l'œil clair d'un grand bleu, André-Yves avait éperdument besoin de regards assombris, emplis d'un doute radical sur l'existence.

Pour décrire les deux femmes de la vie de mon père, je ne saurais user que du vocabulaire courtois, au sens amoureux du terme. À la première, sur les bancs de la fac de pharmacie, il fit une cour poétique, écrivant des quatrains sur papier d'ordonnance, rayé bien proprement, avec de mauvaises rimes. Ce fut long, car Rivka, bien sûr, lui était interdite. Ni sa propre famille ni celle de Rivka n'accepteraient de gaieté de cœur un mariage mixte. Les deux familles s'insurgèrent comme prévu, mais André-Yves avait le tempérament têtu. Balades en canoë, varappe à Fontainebleau, équitation, bouquets... André-Yves y mit tant de ténacité qu'il gagna sa bataille. Rivka céda. Les familles aussi. Mariage civil. Il est en frac, œillet à la boutonnière, l'œil fringant, et beau ! Un rêve. Elle est en princesse russe, coiffée d'une tiare de fleurs, fine et longue, le satin de la traîne rabattu sur l'avant, l'œil effrayé par un secret dessein. Tabous bravés des deux côtés. Le croisé avait épousé sa sultane.

La seconde eut droit au rapt de l'après-guerre, un enlèvement en bonne et due forme. Pauline étant mariée et mère d'une fille, André-Yves déploya des trésors d'énergie pour l'avoir. Auto lancée à fond et longeant l'autobus d'où Pauline le voyait, courbé sur son destrier Panhard, la pipe au bec brandie comme l'étendard, folies jalouses, romantique et soudard, toujours courtois, mon père. Dans les deux cas, le chrétien aima la Dame inaccessible, qui, pour lui, était juive. Elles furent deux au lieu d'une ; la belle affaire ! Rebelle il était, rebelle il demeura. Quand il les épousa et qu'elles furent trop proches, il désaima. La courtoisie exige les lointains. Certes, il mourut jeune. Mais à Pauline, il laissa la passion en héritage. Tragédie ? Oui. De la plus belle eau. Cette eau-là est la seule qui apaise la soif, au bord de la fontaine.

Lorsque André-Yves mourut à soixante ans, Pauline eut tant de peine qu'au matin, elle balançait entre rire et pleur. « Je suis veuve », disait-elle et c'était une farce, un tour qu'il lui jouait, de la rendre veuve comme deux fois sa mère. Pauline comprit que la farce était vraie juste avant qu'on rabatte le couvercle sur lui. Ses cris ! Puis, les années passant, elle le retrouve toute seule comme une grande. « Il me manque », dit-elle comme s'il était parti pour la journée. Au bord de la fontaine, ils se penchent, l'un là-bas, l'autre ici. Pauline n'a jamais soif, elle y boit tous les jours.

C'est vrai qu'il était charmant. Élégant, presque dandy. Pendant la drôle de guerre, à l'aube et quoi qu'il advienne, il se rasait au coupe-chou, et il mit son orgueil à prolonger le rite jusqu'à sa démobilisation à Bordeaux. Anglophile dans la reculade, churchillien dans la débandade, André-Yves se rasait sous les bombes allemandes. Au-dessus de ses lèvres sensibles, il posa, rude et rousse, une moustache pour se cacher. Il porta le melon et le chapeau de chasse ; il s'habillait anglais et il fumait la pipe. Il avait un côté Sherlock de fantaisie, secret comme pas deux, homme à faire des surprises, souvent ratées, mais quoi ! Mon père était distrait. Un jour d'anniversaire, il rentra avec, lové dans les bras, un chiot blond qu'il offrit à mon frère tout petit. Il éduqua le chien et le garda. Égoïste ? Il faut voir. La blondeur des boucles du bébé chien n'était pas hasardeuse. Passionné, jaloux, riche en élans gagnés, ou bien perdus, il était funambule et le resta, bras écartés sur un fil tendu entre sa vie et lui. Il but beaucoup, le fil cassa. Surprise ! Il était mort.

Dans les années d'après-guerre, une bande d'amis prit ses quartiers au Cherche-Midi.

Chaque semaine, le mardi, ils se réunissaient pour jouer. Les cartes éternelles de Georges et de Sipa revinrent sur la table, mais de bridge cette fois, et sacrément bien tenue. Les parties étaient longues, tendues ; on jouait de l'argent, fort peu, et les règles du bridge exigeaient un effort d'attention. C'était le jeu sans l'être, par équipes de quatre, passion neutralisée, avec la place du mort. Et quand il y était, le mort braillait avec les équipes en attente. Ça plaisantait, ça chantait, ça polissonnait ferme, ça éclatait de rire derrière la cloison. L'excitation m'empêchait de dormir. Moi, l'entortillée, je resserrais mon drap, et puis, quand les plaisanteries viraient au corps de garde, je le desserrais pour écouter, cœur battant. Par équipes, les amis jouaient à deux fois quatre, par équipes, ailleurs, ils s'aimaient d'adultère.

Je n'en savais strictement rien, bien sûr, mais je pensais qu'ils faisaient des bêtises, qu'ils touchaient l'interdit, et qu'ils seraient punis. Quelles bêtises ? Mystère. Ils allaient trop fort, ils riaient trop, ils se penchaient par la fenêtre, ils pouvaient tomber, ils allaient se noyer, couler à pic… La cloison de ma chambre séparait les enfants du monde où les adultes ont le droit. Aux plaisanteries, aux gaillardises, au bruit, aux cigarettes, aux tenues décolletées, au whisky.

Le son du clandestin traversait la cloison, mais assourdi, indéchiffrable. Hormis le mardi soir, le silence régnait. Comme dans un couvent. Absorbé par son autre vie, André-Yves ne disait pas un mot et ne supportait pas qu'on parle à table. La norme étant le taciturne, les soirées de la bande étaient donc anormales. Pourquoi ce grand tintamarre le soir du bridge ? Le reste du temps, les parents ne se disputaient pas. Rivka n'était plus du genre à piquer des colères, elle qui dans sa jeunesse avait été si vive. Une seule fois, elle claque une porte vitrée, si violemment que les vitres tombèrent. Il n'y eut pas de réaction, aucun commentaire. André-Yves réservait le passionné à Pauline et, au Cherche-Midi, rapportait le silence. Bouche cousue, sans violence.

Sauf une fois, une seule. Quand je revins du bac avec mes résultats, j'avais une mention *Bien* – 14 de moyenne. *Bien* n'était pas *Très bien* – 16 de moyenne. André-Yves n'était pas content. Nous eûmes lui et moi un échange confus dont rien ne me revient, sinon la formidable gifle que mon père me lança, si violemment qu'il cassa mes lunettes. À cette époque, on passait le bac en deux années. Pour le deuxième bac, je revins avec mention *Très bien* et félicitations du jury. À 18 sur 20 de moyenne, j'évitai la gifle, et son bruit de bombe sur l'oreille.

Avec l'âge, ma langue s'était déliée. Je ne l'eus pas toujours bien pendue. Enfant, j'eus très tôt le nez dans les livres, si profondément que je n'entendais rien des ordres de la vie quotidienne. Le « À table ! », le « Au lit ! » ne franchissaient pas la herse entre le monde et moi. La lecture assidue fabrique des enfants sages, et on ne se méfie pas de ce qui se tricote, une maille à l'envers, une maille à l'envers, une autre encore, à l'envers toute ! Provisions pour plus tard. Protection du présent. En cas d'angoisse, lisez, enfants ! Dressez la herse ! À l'envers du monde !

Encore que… Il faut voir. Mon premier livre fut un conte d'Andersen, du genre qui finit mal, mais le pire étant le monde d'alors, je pus verser de chaudes larmes sur le sort de la Petite Marchande d'allumettes, qui meurt un soir de Noël, en craquant un à un ses bouts de bois soufrés, tant elle a froid. J'avais un toit, du feu, et je n'étais pas morte. C'était beaucoup pour l'époque. Sur l'image, la petite marchande allumait des étoiles, bien jaunes, éclatantes, d'innocentes étoiles à cinq branches.

À sept ans, j'enchaînai avec la mythologie grecque, remplie de dieux infidèles, impuissants à sauver leurs enfants, jaloux, narcissiques, mais capables, ô joie, de se transformer en taureau, en pluie d'or, en cygne, en olivier, en armure, en laurier, en maille et à l'envers. Avec un peu de chance, André-Yves tournerait destrier et Rivka, plume d'autruche. Les enfants sages qui lisent font, avec les livres, des bêtises. Dans le genre égrillard, André-Yves acheta un livre un peu fripon, *Les Dieux verts*. Le titre était tentant et la couleur, jolie. Le livre n'étant pas coupé, j'en déchirai les pages avec le doigt, acharnée à festonner le précieux exemplaire numéroté. Il y avait des dessins dont le trait était mou. C'était moche. En matière de texte, la verdeur des dieux ne m'apprit rien de neuf. Quelques bites, quelques cons, des termes, quoi. De quoi chauffer la peau des joues.

Il est peu d'événements aussi considérables que l'entrée en sixième au lycée. D'abord, on y va seule. Ensuite, on est perdue. Enfin, j'émanais d'une école religieuse, où m'avaient enfermée les angoisses de Rivka. Si ça recommençait, car on ne sait jamais, sa fille serait en sécurité. Elle portait l'uniforme, jupe plissée à bretelles, chemisier de coton, chaussettes et richelieux. Sur mes années bleu marine à col blanc s'est abattue une amnésie suspecte : car hormis *Les Dieux verts*, pas un visage, pas un regard n'émergent. Seul le coup du cordon qui barrait les poitrines m'est resté. Tissé de couleurs variées selon les classes – les petites en jaune, les moyennes en rouge et les grandes en bleu –, il était de coton pour toutes, excepté la première de la classe. La première portait le cordon de moire, et la moire, c'est souple sous les doigts, changeant au soleil. Je fis ce qu'il fallait pour contempler la moire qui barra ma poitrine jusqu'au lycée.

De Georges et de Sipa, je savais simplement qu'ils étaient morts à Auschwitz. C'était terrible, point final. La première semaine de l'entrée en sixième, je me fis une amie, à qui je racontai. Et le lundi suivant, la petite Nadine m'apprit que son papa ne voulait pas qu'elle se lie d'amitié avec une juive. C'est ainsi, comme tant d'autres enfants, que je fis connaissance avec le mot qui désigne, en français, les filles du peuple d'Israël. Le papa de Nadine était conservateur de musée. C'était en 1950, cinq ans après la catastrophe dont personne ne parlait, que tout le monde connaissait. L'histoire de Nadine aurait pu s'arrêter là, mais non.

Trente-deux ans plus tard, j'entrai au Quai d'Orsay pour m'y occuper des échanges artistiques, lesquels comprennent les expositions françaises à l'étranger. Sur mon bureau, je trouvai un dossier de demande émanant d'un conservateur de musée à la retraite, et c'était lui. Il voulait le commissariat d'une exposition de dessins. J'eus un éblouissement, je faillis m'évanouir. Le papa de Nadine ! Je l'avais oublié, et il me revenait, comme une gifle. Je demandai à parler au directeur des Musées de France, mes mains tremblaient sur le combiné. J'avais pris mes fonctions depuis une semaine, et je ne connaissais pas cet homme-là, dignitaire de l'État, haut fonctionnaire, à qui je m'adressai pour la première fois. Mon récit fut abrupt. Le directeur des Musées de

France ne m'arrêta pas en chemin. Sa réponse fut directe, il n'était pas surpris. Le papa de Nadine n'avait nullement changé, et sa fille avait hérité de l'antisémitisme. Il me conseilla de transmettre la lettre à mes services sans commentaire. Justice était-elle faite ? Non. Le papa de Nadine ne sut pas le pourquoi de mon silence.

J'en tremble encore. De peur ? D'indignation ? De l'envie d'une gifle qui ne fut pas donnée ? Comme il eut raison, mon père, avec ses gifles ! Celle pour la délatrice était juste. Et la mienne également. Si, si, je vous assure ! De silencieuse, j'étais devenue répondeuse ! Qu'ai-je pu envoyer à mon père ce soir-là ? Quelle vanne assez mauvaise pour susciter la gifle ? Il n'était pas violent, il n'était pas méchant. Donc, ce fut ma faute, ma très grande faute.

Il faut bien justifier les gifles, voyez-vous. J'en ai une en réserve, qui me démange la paume. C'est celle de Nadine.

Puisqu'elle m'avait exclue de sa vie de Française, je cherchai un nom juif dans la classe. Et je trouvai Myriam, qui habitait rue du Cherche-Midi, juste à gauche. Elle était immense, blond cendré, l'œil bleu-gris ; elle avait les pommettes de la fiancée juive, mais claires, presque transparentes, à rougir pour un rien. Pendant sept ans, je passai la chercher au premier étage, à deux pas du croisement avec le boulevard Montparnasse, où le père de Myriam tenait une boutique de chemises pour hommes. J'entrais avec bonheur dans l'appartement de Myriam. Comme à l'autre bout de mon Cherche-Midi, le samovar trônait sur le buffet. Marcher vers la gauche, c'était trouver Myriam à sa place, l'unique amie d'enfance, et son rire perlé, dégringolant les tons de la gamme. Nous nous mariâmes à deux mois près, nous eûmes chacune un fils à deux mois près. Le matin de ses noces, je la revois sortant du bain, rouge d'excitation et les seins ruisselants. Avant notre majorité légale, elle épousa un catholique, mais dans la sacristie, seul lieu autorisé en cas de mariage mixte entre deux pratiquants dont une juive ; et moi je me mariai à l'église Saint-Séverin, au beau milieu de la nef.

C'est qu'entre-temps, nous étions devenues bigotes, elle de la Thorah, et moi, de l'Évangile.

Ça ne s'invente pas.

Nous étions nées à l'aube de la guerre. Dans notre classe d'âge, même les plus chanceux n'avaient pas eu d'enfance heureuse ; et chacun pouvait y aller de sa petite histoire, le jour où l'oncle s'est fait prendre au marché noir, l'épisode du curé résistant, la peinture bleue sur les vitres pour cacher, de nuit, la lumière électrique, lorsqu'il y en avait. Il ne s'agissait pas forcément de malheur. Au Cherche-Midi, la cave, par exemple, était, pour une petite fille, excitante. Les parents qui se serrent autour de leur enfant, quelle assurance sur la vie ! Évidemment, plus tard, impossible d'y redescendre. Je n'y vais pas, sous peine de nausée. Mais quoi ! Tous les enfants ont ce genre d'endroit maléfique en réserve. Sinon, ils s'en fabriquent. Donc, nous avions eu une enfance.

Quand la guerre cessa, naquirent les bébés de la paix. Innombrables, salués par le soulagement et l'espoir. Leur naissance reçut un nom anglo-saxon, sonnant comme une bombe – ou un morceau de jazz –, le baby-boom. Empereurs de la démographie, les bébés de la paix dominent le pays, qui leur doit le meilleur de Mai 68, un air d'excitation et d'amour fou, et l'envers vieillissant de ce même mois de mai, les affaires, maroquins, portefeuilles, le questionnement sur les retraites. Nous autres de la guerre, nous avions été relégués. Trop peu, trop sages. Nous avions eu l'angoisse, ils eurent la ferveur.

Nous eûmes les dernières scolarités paisibles avant le boom. De Vichy, il n'était pas question. Nous avions pour aînés les anciens résistants, ou anciens collabos, mais attention ! Comme sur les panneaux de signalisation, « Hôpital-Silence ». Grands blessés ; prière de laisser cicatriser. Pas d'autre issue que le sérieux. Et ces gens-là, les muets, fabriquaient encore de la guerre en Algérie ? Ces gens, décidément, étaient incorrigibles. Choisir pour chef d'État un général ! Non, non. Nous allions édifier le meilleur des mondes, dans l'ordre, le nôtre, et du vrai bonheur, s'il vous plaît.

Georges et Sipa m'ayant marquée d'un vide à vivre, je n'avais pas grand-chose à me mettre sous la dent, en matière de révolte. Face à la guerre d'Algérie, les aînés avaient, à gauche, tracé deux autoroutes. La première était le parti communiste, la seconde, la religion des parents. Quand les parents étaient de gauche, cela allait de soi, on allait communiste comme chez le boulanger. Mais au Cherche-Midi, André-Yves était du genre anarchiste, capable d'apporter à sa mère catholique un jambon chaque vendredi saint, la moustache en joie. De toute façon, un homme qui rapporte à sa mère deux fiancées juives de suite en sachant ce qu'il fait rechigne forcément à voter. Donc, pas d'autre engagement que la passion.

Et Rivka balançait. En 1936, la petite princesse juive avait été cernée dans l'automobile de papa par les manifestants ouvriers, et elle avait eu peur. Ils criaient, ils chantaient, ils étaient une masse entourant la voiture d'un riche, pauvre Georges, pauvre bougainvillier trop fleuri. Donc, Rivka n'aimait ni les foules ni les manifestants. Moyennant quoi, avec une logique admirable, elle vota communiste longtemps. Puis elle fut gaulliste et sioniste, sans souci des contradictions. Pendant la guerre des Six Jours, elle manifesta dans la rue. En juin 68, après s'être rendue sur les Champs-Élysées d'un bon pas enragé pour crier « Vive de Gaulle ! », elle menaça de quitter le pays pour Israël. Elle finit par voter Mitterrand par amour maternel. Vers la fin de sa vie, Rivka prit le parti de Yasser Arafat, d'abord du bout des lèvres, pour me faire plaisir, et puis sincèrement, après Sabra et Chatila. Jamais elle ne manqua un seul vote. Elle était citoyenne et française, sans chichis.

Le Cherche-Midi était à l'image du pays. Un coup à gauche, un coup à droite, détestant les centristes, ni chair ni poisson, apolitique au fond. L'engagement était inconcevable en tout. S'agissant des curés, mon père les brocardait, sans plus. Les paniques de Rivka assurèrent à mon frère baptême, catéchisme, et nous fîmes nos premières communions dans les tenues requises, moi en mariée miniature, lui en brassard blanc. Tirer la langue à plat pour recevoir l'hostie, l'avaler sans que les dents la touchent, actionner le gosier pour la laisser passer, j'avais horreur de ça. Un truc à vous couper le souffle ! Ça collait au palais, c'était comme du tissu, ce n'était pas du pain… Avaler Jésus ? Et quoi encore ? Je ne fus pas une bonne communiante, mais personne n'en sut rien. Une petite fiancée en robe blanche pour le Christ, cela faisait plaisir à la seule grand-mère qui restait en vie, et elle eut bien raison d'en profiter.

L'esprit juif de ma vie resta longtemps inerte. Sur le tard, Rivka éprouva le besoin de jeûner pour le Grand Pardon et d'aller à la synagogue, installée salle Pleyel chaque année ce jour-là. Oh, sortie des torahs dans la salle Pleyel ! De la scène descendaient les dignitaires en châle blanc, les rouleaux dans les bras, cependant qu'à l'orchestre, au balcon, au lieu des spectateurs de concert, les fidèles adoraient cette chose insensée, de grands cylindres en argent ciselé couronné d'or, les Lois. Et les Lois défilaient, caressées par les franges des châles blancs rayés bleu. Prières, bousculades, pagaille dans la salle Pleyel. J'aimais ce beau foutoir autour des Lois, cette sortie d'Égypte en plein Paris. Dieu ? Allons, c'est de nous qu'il s'agit. J'ai beau être aujourd'hui une athée bienveillante, la sortie des torahs me remue l'inconscient. Donc, j'allais à la messe ou bien au Grand Pardon, indifféremment.

Le peu de foi du Cherche-Midi fut sans doute la cause de mon emballement. En classe préparatoire, nous étions toutes à gauche ; une fois à Normale sup, cela allait sans dire. Entre les deux sources de la morale et de la religion, communisme et catholicisme, je penchai pour l'Église. Myriam revint au judaïsme strict. Pourquoi ? Oh ! C'est bien simple. Nous avions rencontré des garçons dont le charme tenait à leur rigueur et à leur romantisme. Pas l'une sans l'autre. Effluves, imprécations. Pour la rigueur, nous avions l'Algérie libre et indépendante ; et pour le romantisme, le déchirement d'une foi impossible. S'ils partaient, nos fiancés, ils en mourraient dans l'oued, au cœur des wilayas ; c'était ainsi. Nous mélangions Alleg et Bernanos, Claudel et Ben Bella, la gégène, le Christ, la révolte, le sang. À l'insu de Rivka, j'apprenais le français aux enfants arabes, à Barbès. Le premier engagement suscite, dans les oreilles, un étrange bourdon légèrement dézingué. Surtout, n'y pas penser ! Si j'avais trop pensé le bourdon dans ma tête, j'aurais entendu clair… Je t'en ficherai des amours clandestines. Moi, j'ai mon militantisme clandestin.

Et avec ça, les corps ? Le groupe des cathos, qu'on appelait « talas » parce qu'ils vont-à-la-messe, était plus chaleureux que l'autre, et plus sensuel. Déterminés sur la sexualité, les communistes s'affirmaient franco de port : tu es communiste, tu baises, tu es libéré, tu feras des enfants. Point de mystère. Tandis que nous ! Pèlerinages de Chartres, messes, missions, groupes de réflexion, frôlements sous les autels de Dieu, baisers sans trop de langue, pull-overs relevés par les mains tâtonnantes, permis, autorisé, un peu plus loin, humide chasteté, sublimations, extases. Jouissance si nécessaire. Franchement épatant, l'amour courtois.

De Dieu, il était assez peu question. Toucher l'hostie avec les dents n'était plus un péché ; les plus culottés proposaient de la prendre au creux de la paume avant de la porter en bouche, c'est dire ! Le concile de Vatican II était dans l'air. On allait réformer la vieille Église, souffler dans les conduits. La grande affaire tournait autour des *Amants* de Louis Malle, où les plus exaltés voyaient dans l'amour fou le comble du catholique, et la chair crucifiée. Que la dame s'envoie en l'air sous le toit conjugal n'en était que plus fort, et rien n'était plus beau que la 2 CV de l'amant, emportant à la fin du film son amante loin de son mari riche. Le riche, tel était l'ennemi. Aller aux pauvres, dans l'adultère aussi. À y repenser, cette atmosphère évoque la jeunesse des romantiques allemands, les passions interdites, les chandeliers la nuit, *Marianne de ma jeunesse* – un film échevelé – les suicides, coups de feu et noyades en barque, la vie jouée aux dés. L'impossible était irrésistible, d'ailleurs on n'y résistait pas. Lu, relu, récité, *Le Soulier de satin* de Claudel fit notre joie. L'idée d'une héroïne qui refuse l'homme qu'elle aime par piété était enthousiasmante, et la quête du héros, attaché sur les mers aux pas de sa Dame infidèle, un délice.

Chacun fait ce qu'il peut avec ses impossibles. Les nôtres furent calibrés petit, encore que. À dix-sept ans, c'était ficelé comme un rôti ; malgré notre jeune âge, fiançailles avec des cathos. À ceux du Cherche-Midi, j'imposai une messe de pratiquants, qui vit défiler bras dessus bras dessous Rivka et Marcel, André-Yves et Pauline, nouveaux couples fraîchement légalisés. Nous avions à peine vingt ans, nos parents écumaient. Pas de négociations. Aucun compromis, même pour les études. Nous allions en baver ? Justement. C'est ce que nous voulions.

Par tous les dieux de tous les panthéons,

j'atteste que ces amours étaient belles. Désirables, idéales, confiantes. Fidèles éperdument. C'était l'époque où, au Cherche-Midi, je chantai à destination de Rivka une rengaine de Mouloudji, « Écoutez, femmes infidè-è-les », avec une fin perfide, ô combien, « Cœur pour cœur, dent pour dent, telle est la loi des amants ». À tue-tête, écoute un peu, Rivka ! Car nous avions beau vénérer *Les Amants*, le mot, amants, au pluriel, reniflait un peu trop le foutre sans l'eau bénite.

Nous étions pucelles comme pas permis. L'époque connaissait l'*interruptus*, la capote, Ogino. Côté contraception, Rivka avait l'esprit rudimentaire. Des années plus tard, je devinai qu'en 1943, Rivka, enceinte, avait décidé d'avorter, la menace étant décidément trop forte. Comment ai-je trouvé l'événement et la date ? Mystère. Quand je lui en parlai doucement, elle fut saisie de honte. J'eus beau lui assurer qu'elle avait eu raison, ma mère se serait fait couper la langue plutôt que de déclarer d'elle-même son infraction aux lois et elle s'excusa, avec de pauvres mots, d'avoir violé le Code pénal. L'avortement était alors très strictement puni – peine de mort quelquefois – mais Rivka avait de quoi trouver, en pharmacienne, les moyens qui, depuis tant d'années, selon la loi Simone Veil, sont légaux. Même celle-ci votée, Rivka resta mentalement coupable.

À l'adolescence, Rivka entreprit mon éducation sexuelle. Quand elle eut constaté que j'exhibais mes jambes au garçon d'en face par la fenêtre ouverte, Rivka me prit entre quat'z'yeux et m'enseigna la nature des choses. De sa bouche, j'appris que le sperme des hommes peut traverser l'étoffe d'un pantalon, voire d'un pardessus couvrant le pantalon. Horrible découverte ! Je me le tins pour dit. Une bandaison sentie à travers un tissu signifiait la grossesse. Au trouble d'une chaleur montant du pantalon s'ajouta la panique. Sperme en vue ! J'avais treize ans, et Rivka m'avait refilé le poison. L'énorme, l'incoercible trouille d'être enceinte, dont on n'a pas idée, qui empêche de vivre. Chaque mois, Rivka elle-même avait des crises d'angoisse, qu'il fallait calmer à coups de valériane. Une goutte pour maman, une goutte pour papa, je versais de mes mains l'antidote à l'angoisse, car elle n'en pouvait plus. Comme elle avait attendu ses parents au balcon, à l'hôtel Lutétia et par-delà la mort,

Rivka attendait le sang réglementaire. Et quand, l'âge venu, elle en fut délivrée, elle attendit chaque mois un cancer, qu'ayant trop redouté, elle n'eut jamais.

Avant mon mariage, elle m'expédia chez le médecin de famille, et la chose arriva. À l'issue de la visite prénuptiale, je fus déclarée trop étroite pour une défloration sans douleur. Grande première antalgique, la solution s'imposait : le médecin prescrivit une anesthésie pour la nuit de noces. En ces temps obscurs de préhistoire, Rivka me donna la cocaïne sans un mot. Si grande était notre ignorance que la prescription familiale s'appliqua. Sans douleur. Cocaïne et coton, application locale, durée une semaine. Liberté surveillée et pas d'enfants, surtout, à cause des études.

Le mois suivant, lorsque je fus enceinte de mon jeune mari, patatras ! Comme l'exigeaient les Lois de Normale sup, je devais passer l'agrégation l'année d'après. Rivka était anéantie.

Je m'en foutais éperdument.

L'hymen était brisé. Jeune mariée, j'habitai toujours rue du Cherche-Midi, mais très loin, de l'autre côté du boulevard Montparnasse. C'est la fin de la rue, j'étais à l'étranger : métro Falguière, fenêtres sur le jardin de l'hôpital Necker. Ce n'était plus le vrai Cherche-Midi, et c'était mieux ainsi. Un jeune couple, c'est connu, doit s'éloigner du foyer de l'épousée, et le mari doit trancher ces liens. Le boulevard Montparnasse fut le couteau. Pour l'autre bout du Cherche-Midi, le boulevard Raspail avait depuis longtemps tranché la rue toute vive, avant la frontière interdite du Lutétia. À l'étranger du Cherche-Midi, j'étais on ne peut plus libre. Ma grossesse m'enchanta. L'agrégation, eh bien, quoi, l'agrégation ? Puisque j'avais quitté le Cherche-Midi.

Beau tapage ! Rivka ne fut pas la seule à s'inquiéter. La directrice de l'École normale supérieure me convoqua dans son bureau. Oui, j'étais enceinte. Et alors ? Alors, pour préparer l'agrégation, susurra-t-elle de sa voix poétesse, peut-être pouvait-on songer à des moyens qui… Je lui claquai la porte au nez. Je passai les neuf mois comme en rêve. Je mis au monde mon fils, et je songeais si peu à l'agrégation que, quelques mois plus tard, j'y fus le nez en l'air, puisque, fatalement, je n'avais pas préparé, ou si peu.

Nez en l'air, les mains dans les poches, détendue. Ce serait pour l'année suivante. Ce j'menfoutisme allègre me fit passer l'écrit. Pour l'oral, j'étais bien tranquille, je n'avais aucune chance.

Le 14 juillet, jour férié, j'avais une convocation pour l'épreuve majeure, la grande leçon : six heures de préparation, dont une heure pour commander tous les livres nécessaires à la bibliothèque de la Sorbonne. Sujet : « L'inconscient collectif ». L'appariteur de la bibliothèque alla chercher sur les rayons les bouquins dont j'avais besoin. Mais, au dernier moment, j'en demandai un qui venait de paraître, *La Pensée sauvage*, de Claude Lévi-Strauss, printemps 1962. Fatalement, il n'était pas acquis par la bibliothèque. Pensez, en quelques mois, on n'avait pas eu le temps ! Foutu pour foutu, je fis la mauvaise tête. « Le livre n'est pas là, trouvez-le, scrogneugneu ! – C'est le 14 juillet, madame. Les librairies sont fermées. – Ce n'est pas mon affaire ! Le règlement du concours précise... »

Affolé, l'appariteur courut voir les jurés. L'un d'eux avait acheté le livre, il fallut le chercher, me l'apporter à temps. Sinon, c'était un cas de recours en Conseil d'État. Mais le président du jury était Georges Canguilhem, homme d'honneur s'il en fut. Le règlement était le règlement, 14 juillet ou pas. Conseil d'État, recours, j'ignorais tout cela. Je n'avais rien à perdre et j'avais raison.

Encore que. Il faut voir, vous savez. Le culot, c'est très bien, mais ça laisse des traces, et, pour l'année suivante, c'était risqué… Lorsque je descendis les marches de l'amphithéâtre, les regards des jurés me fusillèrent. J'avais, à cet instant, deux soucis. Premièrement, ne pas me casser la figure sur les degrés de bois ; deuxièmement, l'appréciation du jury sur mon tailleur d'été, en raphia beige biaisé blanc. Le reste, je m'en foutais toujours ; je fus reçue première. J'en rendis grâce à mon garçon tout neuf. Les résultats furent proclamés dans l'amphithéâtre Turgot, par une chaleur à crever. Au dernier rang, très émue, Rivka m'avertit que, pour l'occasion, les âmes de Georges et de Sipa étaient au rendez-vous du 14 juillet.

J'avais l'agrégation et j'étais professeur ; mon normalien d'époux également. Je dis bien professeur et non pas enseignante. Cet horrible vocable apparu pendant Mai 68 m'évoque une boutade de Pierre Jean Jouve, qui, parlant d'une femme, peut-être bien la sienne, disait tout uniment qu'elle avait le corps enseignant. Professeur est un mot pompeux, mais il a l'avantage de se poser là. Sans peur et sans reproche, professeur. J'en étais fière comme Artaban.

Un jeune professeur, ça se nomme en banlieue. Mon mari eut Asnières et moi… Beauvais. Beauvais, pas de ligne directe, quatre heures de train avec changement. Lever quatre heures du matin pour un cours de philo vers neuf heures, ou bien alors résider sur place, loin des miens. Nous habitions toujours au bout du Cherche-Midi, secteur étranger. Pour la première fois, mon jeune mari et moi, nous nous préoccupâmes de contraception.

J'allais voir l'ancien aumônier de l'École, un prêtre progressiste, parrain de notre enfant. Il tomba des nues. Comment pouvais-je lui poser un problème qui relevait de la sphère privée ? Un prêtre n'avait rien à dire là-dessus. Il était très bien, cet homme-là. Sensible, généreux, courageux. Pris au dépourvu, il ne cafouilla pas. Rien à dire.

Je me revois sortant de l'église où il venait d'être nommé curé. J'étais enfin tranquille. Cœur absolument froid, et la tête animée d'une pensée précise à couper le souffle : tout ça, l'Église, la messe, connerie. Rideau ! Aucune révolte, aucune violence. Une paisible libération, à propos de la contraception. Car enfin. Qui prescrivait – et qui prescrit toujours – de ne pas pratiquer l'*interruptus*, de ne pas utiliser la capote et de respecter Ogino, brave calendrier des jours fécondables ? La papauté. Mille fois, j'aurais pu rompre l'idée de Dieu avec le fait d'Auschwitz, oui, j'aurais pu, mille fois, incendier ce Dieu, son Église et ce pape, Pacelli, ce Pie XII passif avec l'Allemagne nazie. J'aurais dû. Eh bien non ! Je brisai sur la contraception, là, sur le terre-plein, à la porte de Dieu.

Je descendis les marches de l'église. Un souvenir reflua. C'était pendant un pèlerinage, dans un charmant désordre, à la tombée du jour, l'heure de la confession. En plein air dans les champs, pas de confessionnal. Le prêtre en charge d'écouter les péchés s'affola. Faute de confessionnal, il prit une fourchette, qu'il bénit avant de se poser les dents contre l'oreille. Qu'il était jeune, ce type ! Ce soir-là, mes péchés chuchotés à travers la fourchette en restèrent au fou rire. Romantisme de l'amour crucifié, tu parles ! Anesthésie nuptiale, Ogino pour viatique, et en toile de fond, Pacelli. Pacelli... Quand il mourut, *Paris Match* publia une photo en couleurs ; déjà, sur son lit de parade, le visage était taché de vert. Pacelli s'était corrompu d'un coup ; pas comme les saints, dont on sait qu'ils demeurent intacts.

J'étais sur le boulevard, et je quittais l'Église, légère et court-vêtue. Une dernière fois, Claudel, Ogino, Bernanos, Pacelli, Louis Malle me revinrent dans la gueule avec une odeur de moisi. De l'air !

Je pris rendez-vous avec une gynécologue, au grand effroi de Rivka, pour qui toutes les gynécologues étaient lesbiennes. Le choix des solutions contraceptives n'était pas gigantesque, mais bon. J'étais devenue femme, à vingt-deux ans. Il s'en fallut encore de dix avant l'avènement de la pilule. Le féminisme coulait de source, de cette source intime dont on ne parlait pas, sauf pour interdire, oindre, fourrager, foutre en l'air la semence de l'homme aimé.

En voilà du propre ! comme dirent les sœurs Papin en astiquant les lames de leurs crimes. Le propre est impur. Vous leur faites confiance, vous, aux lessives qui récurent les taches de chocolat sur écran ? Tous les parfums de l'Arabie ne parviendront pas à laver cette petite main gluante. Le sperme, on n'aimait pas trop ça au Cherche-Midi. Passé la ménopause, la phobique Rivka, le reste de sa vie, eut peur des microbes, des virus, des rhumes qui pouvaient tourner en pneumonie, des diphtéries, de l'impur, de l'impropre qu'elle voyait passer dans sa pharmacie. « Il faut bien avoir peur, disait-elle en riant, sinon, on ne vit plus. »

Le sale, on le trouvait un peu partout dans Paris. La rue du Cherche-Midi, si blanche aujourd'hui, était noire, comme une ville en Inde après la mousson. Ordures dans les cours et, sur le trottoir, les pauvres, car on eut faim et froid après la guerre. Un jour d'école, j'aperçus dans la rue Notre-Dame-des-Champs une femme sans âge et qui pissait, debout. Les bras ballants, les jambes écartées, elle narguait les passants d'une voix puissante. « Et alors, pourquoi je pisserais pas debout, hein ? » Effarée, je baissai les yeux et les relevai aussitôt. Le jet tombait dru dans le ruisseau. Elle portait un manteau de ratine grise élimé, et ses cheveux hirsutes étaient vaguement jaunes. On aurait dit un vieux cheval furieux. Je me demande encore si c'était une pauvresse à l'ancienne, ou une folle. Mais elle, la pauvre folle, avait fait le choix du sale comme font les hommes.

— C'est-y pas des manières, elle n'a pas honte !

— Il y a des enfants, madame. Tenez-vous bien !

— On appelle la police ? – Sûrement ! Ce n'est pas un spectacle pour des petits, ça ! Et elle, narguant toujours, continua de pisser. D'où tenait-elle tant d'urine en réserve ? Sa liqueur révoltée dura encore un peu, suscitant une écume qui bondissait sur le trottoir. Avant que les bons délateurs aient le temps de remplir leur office, elle secoua son manteau et s'en fut. À l'époque, les murs de la rue Notre-Dame-des-Champs servaient de pissotière à la gent masculine. Car un monsieur qui ouvre sa braguette et qui pisse contre un mur, ce n'était pas sale. J'y pense quand je vois aujourd'hui les coulées d'urine rue Notre-Dame-des-Champs, luisantes et noires. Des chiens ? Pas sûr. Les chiens ne pissent pas si haut.

Les études de philosophie exigeaient, avant l'agrégation, une année de psychiatrie. À l'hôpital Sainte-Anne en 1960, je retrouvai l'image de la pisseuse sous la figure de vieilles schizophrènes, emmitouflées dans la même ratine. Les chercheurs venaient d'inventer les neuroleptiques et elles ne pipaient pas, les folles hirsutes, trop abruties. Michel Foucault soutint sa thèse sur la folie devant un jury présidé par Georges Canguilhem ; je compris que la pisseuse de la rue Notre-Dame des-Champs était, en 1950, l'un des derniers emblèmes des fous en liberté. La guerre avait produit ces failles dans le social, ces échappées choquantes pour les familles dans un quartier cloîtré, où le blasphème jouissait d'exister. Dix ans plus tard, la pisseuse aurait été neuroleptisée.

La famille de Rivka comprenait un seul fou. Oh, pas un vrai ! L'oncle Michel se contentait de faire irruption au Cherche-Midi, revolver à la main, menaçant de se suicider si on ne l'aidait pas à régler ses dettes de jeu. La folie de l'oncle Michel ne valait pas tripette. Rivka payait, grognant contre les Russes incapables de se soustraire au jeu, portés sur le mélo, encombrants, seules incarnations du ghetto dont Georges était sorti.

Encore que. Sort-on vraiment du ghetto ? Ça s'étire en guimauve, ça trône sur la table, ça traîne dans les rythmes : c'est une passion pour la syncope, l'étuvé, l'oignon cru, le « r » dans le gosier, le foie de volaille, l'âme du violon. Georges et Sipa roulaient les « r ». Au Cherche-Midi, le russe et le yiddish s'enlaçaient au français quand les oncles et les tantes débarquaient. *Cerisaie*, version juive. Les biens avaient été spoliés. Les dommages de guerre tardaient.

Ah ! J'oubliais. Il y avait bien encore un autre fou dans la parentèle russe, mais sans autre symptôme qu'un silence à hurler. Excellent joaillier, d'apparence chenue, il avait le cœur faible depuis qu'à Drancy ses geôliers lui avaient fait chauler à vif les wagons plombés pour enfants, murmurait-on. Pas trop fort ! Taisez-vous... Il n'y survécut pas cinq ans.

Par sécurité, mes parents accordaient leur confiance à des Français équilibrés, comme ce préparateur fidèle qu'employa Rivka, après la guerre, dans sa pharmacie. L'opinion commune était sur cet homme-là qu'il était bon français, et qu'il faisait partie de la famille. On le voyait souvent grimper l'escalier de meunier qui reliait l'officine à l'appartement. On avait besoin d'aide et de solidité. En 1950, nous revenions de promenade un dimanche quand la porte s'ouvrit toute seule. André-Yves se précipita sur son revolver et dégringola l'escalier. Les cambrioleurs étaient encore là, dont le préparateur bien sous tous rapports. Mon père tira, les manqua, ils filèrent. Le fidèle préparateur disparut avec les bijoux de Rivka. L'enquête tourna court. Les effets, les meubles, tout était sens dessus dessous. L'impression de désastre de l'appartement pillé m'empoigne chaque fois que je tourne la clef dans la serrure. Le « À qui se fier ? » n'a aucune réponse. Regarder derrière soi, devant, de côté, tout le temps…

Au Cherche-Midi, il y avait des armes en ce temps-là. Hormis la grande épée de guérisseuse qui me fut attribuée à Dakar, il n'y en a plus. Je crois n'avoir jamais sorti de sa gaine l'épée dont on se sert, là-bas, pour la brandir quand saigne à gros bouillons le taureau égorgé, pendant le sacrifice aux génies de la mer. Mais on ne sait jamais.

À compter du cambriolage, Rivka et André-Yves songèrent à se séparer. À cause des rejetons et de la pharmacie, le divorce fut long et difficile. Il dura des années, il fallut s'en mêler. Les amours clandestines, c'était bien au début ; mais à force, les enfants concernés par les équipes à quatre se lassèrent. À ces adultes que nous trouvions gamins, nous précisâmes chacun à qui de droit qu'il serait mieux de régulariser. Pour nous. Dans notre intérêt.

Foutaises ! Nous étions grands. Le bazar que ce fut ! Pourtant, vers la fin des années cinquante, le jour où Rivka annonça qu'elle allait épouser son Marcel, je montai un mélo incroyable à Myriam. Je lui montrai une photo et lui dis en pleurant que cet homme, oui, celui-là était mon futur beau-père. Nous sanglotâmes ensemble comme il convient à une telle catastrophe. Puis elle me demanda comment il était. Je cessai de pleurer immédiatement. L'homme sur la photo était l'homme idéal, lui dis-je, le grand amour de Rivka. Un second père. Myriam fut suffoquée, et nous repleurâmes un bon coup sur le foyer brisé. C'était de la triche.

Après des années de procédure, André-Yves quitta le Cherche-Midi. Soyeuse et magnifique, Rivka se remaria en bleu couleur de paon. André-Yves épousa Pauline en douce, juste avant mon mariage. Mon second père s'installa au Cherche-Midi et la source des mots se remit à couler. C'était drôle, le Cherche-Midi loquace, après tant d'années de silence. Pour la première fois, il se portait bien. Marcel y avait installé l'un de ses garçons et mon frère n'était plus asthmatique. Les lieux semblaient plus clairs, avec plus de soleil. Le Cherche-Midi était devenu acceptable. J'y venais en visite avec le petit-fils de Rivka, auquel s'ajouta bientôt sa sœur, qui, de la fiancée juive, a les pommettes. Puis, en juin 68, mon foyer implosa. Le Cherche-Midi devint le mur de mes lamentations.

Elles durèrent des années. Je n'en vécus pas moins, pas plus. Sur une marge invisible, dans une sorte d'enclos. Je n'étais pas malheureuse, non. Simplement occupée.

De Beauvais, j'étais passée direct à la Sorbonne, comme assistante en philosophie.

Lorsque éclata Mai 68, j'avais quatre ans d'enseignement supérieur dans les talons. En juin, certains de mes collègues votèrent ma désagrégation, car, ayant accepté d'être élue par les étudiants, j'avais trahi mon corps enseignant, disaient-ils. Donc, des voix s'élevèrent pour m'ôter ce titre d'agrégée, seul lien me rattachant à mon *Alma Mater*. Puis on passa au vote. Georges Canguilhem fit doucement remarquer à cette bande d'excités que l'agrégation étant un concours national, il n'était pas en leur pouvoir de me désagréger, mais ils s'y tinrent. Je fus désagrégée. Chers collègues.

Quand je quittai la cour de la Sorbonne, le mur qui m'avait coupée de l'Église me sépara de l'Université. Cœur froid, sans agitation. Je n'étais plus des leurs. Désagrégée d'avec eux. Lorsque c'est moi qui romps, j'ai la rupture allègre.

Je pris moins bien la rupture suivante. C'était en 68, début juillet ; j'étais déjà plaquée par mon mari. Depuis quelques semaines, l'essence revenue, la France s'était repliée en vacances, hormis, dans la Sorbonne, deux assemblées de résistants tardifs, étudiants de philosophie et de psychologie.

Je ne lâchai pas mes lurons philosophes. Ils m'exclurent à main levée quand je refusai d'approuver la destruction des livres, coupables d'imposer aux travailleurs le savoir de la classe dominante. Et le soir, ils brûlèrent les livres.

Exclue, j'en prenais l'habitude. Trois fois en deux mois ! La puissante logique de la contradiction, si chère à Rivka, me poussa à m'inscrire au parti communiste, le seul qui, à l'époque, défendait le savoir et l'ordre. Au moins, c'étaient des gens qui respectaient le livre. Je pris ma décision en m'apprêtant à supporter les restes de stalinisme, et l'inféodation à l'Union soviétique. C'était comme une petite annonce : « appartement avec servitudes ». Tant pis ! La Sorbonne m'avait lessivée. Et elle continua. Depuis juin 68, j'avais perdu confiance, sauf en mes étudiants, qui n'étaient plus les mêmes que les incendiaires. Je vécus avec l'un, puis avec l'autre, gentiment. Après quelques stages de mises à l'épreuve, le parti communiste m'envoya en mission en Pologne, histoire de vérifier l'exactitude des dires du parti communiste polonais, le POUP. Solidarnosc naissait. À entendre le POUP, les syndicats polonais ouvriers étaient florissants et Solidarnosc, inutile. En rencontrant les quelques figurants qu'on nous présenta vers la fin du séjour, nous fûmes quatre à constater les mensonges du POUP. Le Parti communiste français s'en doutait, mais cette fois, c'était sûr. Le Bureau politique engueula d'importance le parti frère en Pologne, il y eut du grabuge dans l'Internationale. En douce, on le savait au Colonel-Fabien : Solidarnosc était une bonne idée.

Chemin faisant, la délégation du Parti communiste français avait l'obligation de se rendre en visite officielle au musée d'Oswiecim, Auschwitz en allemand.

Dans les années cinquante, au lycée, j'avais été sélectionnée pour servir de cobaye à la première exposition sur les camps de concentration, à l'Institut pédagogique de la rue d'Ulm. Bonne élève, sérieuse, bien sous tous rapports, j'étais parfaite pour expérimenter. Jusque-là, je n'avais pas d'images dans les rétines. J'avais onze ans, douze peut-être. J'avais la vue vierge. Je n'avais vu aucune photographie, aucun documentaire. Je reluquai les irréels tas de morts en noir et blanc. Des photos. La petite phrase de Rivka trottait dans mes arrière-pensées, propagande de vainqueurs… Soudain, à un tournant, je vis une drôle de chose. Un abat-jour posé sur un pied de lampe. Il était en peau de porc, assez simple. Un abat-jour ?

Ce n'était pas du porc. Je me souviens d'avoir été traversée d'une pensée foudroyante, « Et si c'était la peau de Georges ? » Faute de réponse, je tournai de l'œil. Depuis ce jour-là, je sais qu'en aucun cas je ne dois me placer en face des images.

Voici tantôt un an, j'étais en Israël, obligée de visiter Yad Vashem une fois de plus. Pas moyen d'y couper. Je détournai les yeux mais bernique ! J'eus encore un malaise et la guide, attentive, me disait gentiment : « Il faut boire ! On est déshydraté à Jérusalem. »

Déshydraté, c'est le mot. Eux aussi, en images. Pourtant, Georges et Sipa n'avaient pas eu le temps d'être réduits à l'état mort vivant, je le savais. Eh bien ! C'est ainsi. Plus fort que moi. Agaçant, à force, surtout dans une époque où l'on montre, démontre, exhibe, dévide, explique Auschwitz. C'est bien, très bien. J'approuve qu'on enseigne aux petits la Shoah. J'approuve que Pauline aille dans les écoles rappeler ses souvenirs à la vie. J'aimerais mieux cent fois supporter les images comme tout le monde, mais voilà, je ne peux pas. Désolée.

Projection officielle du film de Steven Spielberg à Vienne, à l'invitation de Simon Wiesenthal. *La Liste de Schindler*. Pas moyen d'y couper. Je m'y rendis armée d'une voilette épaisse, que je rabattis sur les yeux, le noir venu. Au cocktail qui suivit – un cocktail ! – comme j'étais peu bavarde, mon compagnon expliqua aux autorités que oui, j'avais aimé le film – aimé ! – mais que.

Projection solennelle du film de Roberto Benigni, *La vie est belle*, à Dakar, pour le président de la République du Sénégal de l'époque, Abdou Diouf. Pas moyen d'y couper. Me connaissant, mon compagnon, que la Shoah n'a pas épargné non plus, prépare un stratagème. J'entre à son bras en robe longue, je m'installe sur la chaise du bout et quand vient l'obscurité, je m'éclipse. Il est ambassadeur de France, il reste. Il en sortit malade comme un chien.

Rétrospective d'archives inédites du siècle sur une chaîne de service public. À compter de 1940, je me cache les yeux. Je les dégage dix secondes trop tôt. Un dos blanc, puis deux paires de fesses nues trottant sur des chaussures, celles qui vont pénétrer dans la chambre portent la serviette à la main. Elles ont encore le chignon noué. Les SS les poussent à la badine, titillant les bourrelets. Suffocation immédiate, sauf que moi, j'en reviens.

De temps en temps, une image échappe à ma vigilance et me saute dessus. Je crie. Je ne peux pas m'en empêcher. C'est à vie.

Avant d'aller visiter Oswiecim en 1972, j'avais une vague idée de ce qui m'attendait. Très vague. Rivka me remit deux bouquets d'immortelles à déposer. Donc, je ne pouvais pas fermer les yeux et d'ailleurs, on marche beaucoup dans cet endroit. Ce dont je me souviens, c'est qu'au début, j'étais sur mes gardes pour rien. Baraquements, barbelés, portail de fer déglingué avec lettres rouillées, « le travail rend libre », en franchissant le seuil, j'étais sûre de pâmer, mais pas du tout. Rien de rien. Crématoires, rien non plus. Ce sont de grands fours noirs. Toujours rien. Dans les salles du musée, sous d'énormes vitrages, sont les tas. Centaines et milliers de choses. Ramassis de chaussons tricotés, de chaussures de gosses. Là, les visiteurs pleurent. Et moi, rien. Tas de valises étiquetées, de lunettes, de jambes artificielles, de bras en plastique, de cheveux. Je restai dans le rien. Je posai mes fleurs au pied d'une urne, d'un geste mécanique. J'étais venue pour rien et je l'avais trouvé.

On ne sort pas de là, on y reste. Je ne me souviens plus du moment où mon corps quitta Auschwitz. J'ai tant voulu garder, j'ai tant écrit dessus ! Quand je remontai dans la voiture, j'étais muette. Je ne dis pas silencieuse, ni remuée, ni émue, ni en larmes. Plus moyen de parler. Défense passive. Or j'étais professeur. Le handicap était professionnel.

Des amis me poussèrent rue du Cherche-Midi. Là, entre la maison de Myriam et la mienne, sur la gauche, une psychanalyste me prit en urgence. Elle n'était pas juive, enfin, peut-être pas. Elle portait un nom venu des Balkans, un prénom qui sonnait musulman. Elle n'avait pas les pommettes des fiancées juives, et elle était rieuse. La gaieté avec laquelle elle entreprit de me rendre ma langue bien pendue me sauva. La fois suivante, au cimetière d'Auschwitz, j'eus des larmes en réserve, comme la pisseuse. Les choses étaient en ordre. En posant les immortelles de Rivka, j'avais perdu le sens. Douze ans plus tard, je le retrouvai où je l'avais posé. Quand je rapportai le sens à Rivka, elle s'en empara sans un mot. La traîtresse ! Elle m'avait délégué les herbes amères.

Retrouver la saveur de l'agneau prit du temps. La géographie du divan glorifiait le Cherche-Midi. Où, je vous le demande, une psychanalyste aurait-elle pu loger, sinon au Cherche-Midi ? Quand elle déménagea, je la suivis en geignant, pour la forme. J'étais triste, mais c'était bien qu'elle quittât le Cherche-Midi. Elle transporta ailleurs son décor. Très loin, au diable, à l'autre bout de Paris. Du coup, j'écrivis un objet romanesque que je titrai sobrement *La Sultane*. Lorsque j'apportai le livre sur le divan, comme font les auteurs, en bon toutou fidèle, la dame psychanalyste pâlit un peu. Naturellement, j'ignorais son prénom de naissance, puisqu'elle l'avait changé ; et c'était « Sultana ». Ça, c'était vraiment la saveur de l'agneau. Je raffole des trouvailles de l'inconscient. Où va-t-il se nicher ?

Où il peut. Et quand il ne peut pas, ça barde. À la sortie du camp d'Auschwitz, un homme s'éprit de mon mutisme. Ce fut un amour fou, au sens propre. Le propre, étant impur, tourna mal. Oui, bien sûr. J'aurais dû me méfier d'un amour né dans le camp d'Auschwitz. Mais un reste d'enfance accroché à mes basques me fit apercevoir la vie, née de la mort. C'était une belle idée, un bel amour. Depuis, je sais que je ne dois en aucun cas me mettre en face d'une idée sans la dévisager. Dévisagez une idée, elle s'évanouit. Je veux dire, placez-la devant le réel, examinez comment elle s'incarne, aussitôt, elle s'enfuit. Une idée, c'est fait pour la rêver. Si elle a un visage que l'on peut regarder sans qu'elle s'évanouisse, alors, il faut liquider le visage illico. L'assassiner physiquement. Une seule idée, ça tue. Hitler mit en œuvre une seule idée.

Reste d'enfance, le choix de la philosophie me fit rencontrer des idées à la pelle. Au Cherche-Midi, personne n'aimait trop ce choix professionnel. Moi, fiérote, je prenais un malin plaisir à répondre, quand on me demandait quelles étaient mes études, un « je suis philosophe » qui sonnait comme une plaisanterie. Autant dire vendeuse d'assignats, de biens non garantis ou alors, femme au foyer ! Mais j'y croyais. Passé la quatrième démonstration de l'existence de Dieu selon saint Augustin, saint Thomas, Leibniz, Descartes, j'eus des doutes. À l'époque, dans les années soixante, il était impossible de ne pas dévisager l'idée. Qu'avait fait la philosophie pendant la catastrophe ? Silence dans les rangs. Répondez, nom de nom ! Nous étions occupés, voyez-vous. Nous signâmes des pièces d'identité certifiant que nous n'étions pas juifs. Si nous avons des remords ? Non, pourquoi ?

Tournée et retournée sur le gril en ce temps-là, la philosophie fut scrutée par des non-philosophes. En 1955, en publiant *Tristes Tropiques*, Lévi-Strauss, ayant partagé la misère des peuples premiers du Brésil, exprima son désintérêt pour une discipline répétitive, dont on peut se servir comme échafaudage pour construire, sous condition de l'enlever quand la construction est finie. Confrontée aux conditions de vie des Indiens du Brésil dans les années trente, la philosophie, il faut dire, est une plaisanterie. La philosophie n'avait pas protégé Lévi-Strauss des lois de Vichy, ni de l'exil ; elle n'avait pas protégé non plus les restes magnifiques des tribus rescapées des génocides du XVIe siècle, toujours impunis. Je ne mis pas longtemps à la prendre en grippe.

Comme j'avais défroqué l'Église et le Cherche-Midi, je défroquai la philosophie, rejetant la cuculle qui empêchait de voir. Et je vis. Les droits de l'homme quinze ans après la catastrophe, dix ans après la guerre d'Algérie. La liberté des peuples colonisés, l'égalité des pauvres, la police réprimant sous de Gaulle, fraternité ! C'est-à-dire : ratonnades ; trois cents Arabes tués en une nuit et six morts au métro Charonne. Ce n'était pas Mai 68. Les flics ne se contentaient pas de cogner. Ils noyaient dans la Seine, écrasaient les manifestants contre les grilles fermées de la station de métro. De la Shoah, il n'était pas encore question. Personne n'en parlait. Silence dans les rangs ! Choisi par de Gaulle, le préfet Papon régnait sur Paris. L'époque était franchement policière ; avec la liberté, l'angoisse et la conscience, la philosophie faisait dans le sparadrap.

Mais il y avait assez dans les sciences humaines pour enseigner l'envers de la philo dans les amphis. Ah ! Ça sentait la pisse, le vomi et l'éther, pour sûr. Ceci par exemple : découvrir qu'après avoir accordé une âme aux Indiens du Brésil, les colonisateurs, dépourvus de main-d'œuvre, capturèrent en Afrique des esclaves dont la noirceur de peau garantissait la nature animale, cela coule Rousseau, qui, deux siècles plus tard, n'en souffla pas un mot, nulle part. À Nantes, au XVIIIe siècle, de bons armateurs rousseauistes baptisèrent deux bateaux négriers le *Jean-Jacques* et le *Contrat social*. Sur le quai, l'armateur progressiste fait ses comptes, cent dix pièces de bois d'ébène sur le *Contrat social*, destination Antilles, des tonnes de sucre de canne au retour à Nantes, bon investissement. Le bois sanglote bien un peu dans les cales, il a le cul breneux, mais on le fait danser sur le pont. Si Rousseau n'a pas vu cela de son vivant, que ne voyons-nous pas du nôtre ? Les vieux, les tout petits, les bêtes, les gènes, les clones ? Tout cela est en vue. Alors ?

Débobiner les cinq psychanalyses de Freud sans éviter le fantasme de l'Homme aux rats, l'énoncer en public – il était obsédé par l'idée de se faire enfoncer un rat dans l'anus – cela n'a pas l'allure de la démonstration du Cogito dans les *Méditations métaphysiques* de Descartes. Supposons que je sois en plein rêve, ou folle, ou somnambule, supposons que la dure cire, que je touche, fonde sous la flamme de la bougie, démontrant qu'en toute chose le changement prédomine, supposons que je pense que rien n'est, rien n'existe, eh bien ! Mordicus, dès l'instant que je pense, je suis, j'existe. Principe du Cogito, dit « Je pense, donc je suis ». Digne pensée.

Mais voir cela, entre autres. Un jour, à l'hôpital de Maison-Blanche, on me sortit l'une de ces vieilles femmes incrustées dans la psychiatrie, parce qu'elle avait le symptôme dit « de la peau cireuse ». La chose étant intéressante, on me pria d'opérer moi-même. Allez-y ! Appuyez ! J'appuyai donc mon pouce sur le bras de la chose ; mon empreinte digitale s'imprima, comme sur une carte d'identité. La peau de la chose était comme de la cire. Tiède, tendance froide, lisse et sans vie. Je songeai à l'abat-jour nazi. Et le Cogito, pfft ! Au trou. On fit rentrer la chose dans sa chambre. Allons ! Sans plaisanter… Avoir vu de ses yeux comment l'humanité se fait la peau, et croire à l'idéal, après cela ?

Je ne donnais pas dans l'idéal en enseignant dans mes amphis. J'exposais les déchets, les ordures dont parle Lévi-Strauss à propos de notre civilisation, poubelles que nous déversons sur le monde, et osez dire que ce n'est pas fini ! Ma colère était précisément datée.

Avant d'enseigner la philo, j'avais donné naissance à un petit. C'était la saveur de l'agneau, le goût de la réglisse dans les plis de son cou, mais aussi quelques herbes amères, pipi, caca, renvoi, objets dont jamais la philo ne s'occupe, sauf saint Augustin, cas d'exception. Ceux qui daignaient penser à l'époque les déchets du bébé étaient les psychanalystes, Dolto et Winnicott. Tenez, par exemple, le placenta. De qui est-il le déchet ? Je me souviens d'un interminable topo de Lacan sur les effets psychiques du placenta, nid où vécut l'enfant en attendant. Cette chose qu'on jette et qui peut vous revenir en rêve, plaquée sur le visage comme une omelette baveuse, comme un rebut d'humanité – Lacan l'écrivait au tableau « hommelette ». Quand j'entendais cela, j'avais des frissons au cerveau. Est-ce qu'on peut jeter impunément la fabrique où s'est nourri l'enfant ? En

Afrique, continent sérieux, on l'enterre sous l'arbre familial, histoire d'éviter son retour sous forme de malin génie. J'étais, oui, au parfum de cette pensée-là. Un enfant, au passage, cela vous alimente au réel. *Delivery*.

J'avais confusément senti glisser entre mes cuisses ce paquet mou nommé « délivre ». Je m'en étais inquiétée. Et si notre placenta, bien commun à son fils et sa mère, allait se faire transformer en produit de beauté ? En aliment pour chats ? Il ne manquait plus que cela ! Maintenant, dites-moi, à côté de ce réel que personne ne conçoit, que sont l'existence de Dieu, le « Je pense donc je suis », le tragique de l'histoire, la dialectique, le sens, le néant ? Juste un jeu ; bon pour passer l'agrégation.

Quand j'avais fait le choix de la philosophie, j'étais au Cherche-Midi, cherchant la liberté d'échapper à la passion du jeu. Je m'étais fait rouler dans la farine. Ah ! Tu ne veux pas jouer, carcasse. Alors, sois philosophe, vas-y ! On va bien rire...

Tous les philosophes jouent. Pascal, au pari ; Descartes, à la méthode, avec sa martingale ; Hegel, au jeu de l'oie, avancez d'une case, reculez, sautez trois cases ; Kant, au

Monopoly, en bon investisseur ; et Sartre, à la bataille. Je compris que ce qui me déplaisait dans la philosophie, c'était cela. Le jeu. Mais à peine avais-je eu le temps d'y penser, que, déjà, les baby-boomers lançaient leur poker menteur.

Jalouse, j'étais. J'aurais préféré pouvoir me retourner, mais trop tard. Le grand vent de Mai 68 souffla le chaud un petit mois, puis, sur le trajet des manifs, s'engouffra boulevard Raspail, cisaillant mes chères sciences humaines, mes misérables faits, et soufflant de nouveau le froid des idées. Rebelote. Avec les idées, les baby-boomers rafistolèrent le vieux Monopoly, je prends la rue de la Paix, j'investis dans l'immobilier, je gagne les élections, je parle de morale et je prends le pouvoir. Sur le champ de bataille, le clairon sonna le retour de la philosophie.

Mes frocs aux orties amusèrent Rivka jusqu'au jour où je quittai l'Université. À force d'angoisse, elle obtint de moi une mise en congé. « Parce que, tu comprends, fonctionnaire, ma chérie, en France, ça protège… » Allez dire ça à Vladimir Jankélévitch ou à Claude Lévi-Strauss. Démis par les lois de Vichy, ouste ! Jankélévitch se cacha à Toulouse, Lévi-Strauss parvint à filer sur un cargo. « Le jour où la France élira un président de la République juif, j'y croirai », disait Rivka. Elle n'exigeait pas une juive ; sa demande était tout à fait modeste.

Je devins journaliste. J'avais publié quelques livres en patois de l'époque, mais une fois journaliste, ces essais conçus pour un millier de lecteurs tout au plus eurent un retentissement inattendu. On m'en demanda d'autres ; à force, j'en eus assez. Alors, en douce, je défroquai l'essai et le patois. J'écrivis une fiction. Une fiction, c'était correct, voire élégant. J'en écrivis une deuxième, qu'on baptisa roman – un roman, moi ! À grands coups de clairon, il fut publié par une riche, une opulente maison d'édition. Il y fut même inscrit sur une liste de prix, puisque journaliste j'étais. Mon nez me chatouilla, cela puait le faux. Écrire dans ces conditions n'avait aucun sens. Je désertai le journalisme pour le ministère des Affaires étrangères. Une fois au Quai d'Orsay, les livres que j'écrivis tombèrent dans le silence. Enfin, j'étais fixée.

J'ai horreur de partir. On peut n'en pas revenir. En voiture, c'est l'exode. En train, c'est pire. Bien avant l'exposition sur les camps, rue d'Ulm, j'avais vu mon premier film : *Les Chaussons rouges* relatent la passion d'une danseuse qui finit par se jeter sous un train, en tutu. Au plan final, le rouge de son sang coule jusqu'au satin rouge sur ses pieds. Je le savais déjà, des trains ne vient rien de bon. Les avions sont capables de larguer des objets qui explosent, mais quand on est dedans, c'est un autre univers. Va pour les ailes... Je déteste faire les valises, et voilà ! Héritée de Rivka, ma contraphobie me mit en état de voyage pendant douze ans.

Je défroquai la France et le Cherche-Midi. Au diable, c'était mieux.

Je préférais représenter la France que d'y vivre. Expatriée, même de luxe, cela sent un peu l'apatride... On est hors de sa patrie, « ex » comme dans exclu, exil, exorcisme, ex-philosophe, ex-journaliste, ex-sous-directeur à l'administration centrale. Les *Marseillaise* à l'étranger sonnent tout autrement. D'abord, elles s'imprègnent des pays qui les jouent, ensuite, elles signifient le domaine réservé, cette terre de chez soi idéale, qu'on emporte sans le dire, ce froc roulé dans la valise.

Quand, au XVIe siècle, ils partirent en exil, persécutés par l'Inquisition, les marranes emportèrent d'Espagne ou du Portugal une boîte contenant de la terre. Ce n'était pas de la terre ibérique, mais une poignée de terre venue de Jérusalem. À leur mort, ce coin de terre rêvée leur servait d'oreiller, dans leur cercueil. Mes seules *Marseillaise* étaient, jusque-là, celles de la télé avant les matchs de foot, au 14 juillet, enfin, des exceptions. Mais à l'étranger j'eus, à mon oreille et non sur l'oreiller, des *Marseillaise* version raga à Pondichéry, valsées à Vienne et, en Afrique, ondulées-tressautantes, on appelle ça Mbalax. Je fus très étonnée de mon émotion. Cet hymne de la France que je n'aimais pas trop prenait des accents de berceuse, de quoi faire oublier le sang impur abreuvant nos sillons.

Le sang ne coule pas sur les bûchers de Bénarès. Pour cause : ce sont des morts qu'on brûle. Le sang coulait-il dans les chambres à gaz ? L'écrasement, l'entassement… Ensuite, on brûlait aussi les cadavres. Donc, quand je m'en fus à Bénarès, je savais à peu près pourquoi. À ma grande surprise, ce spectacle qui aurait pu être affreux m'apaisa. Les morts arrivent en civière à toute allure. Pieds dans le Gange, entortillés dans un drap, jaune pour un homme, rouge pour une femme, avec, pour ornements, quelques guirlandes d'œillets safran. Les bûchers se font, on y place le mort, qui est encore un mort, plus pour longtemps. Lorsque le crâne éclate avec un grand bruit sec, le mort devient dépouille. Et la dépouille rôtit, car c'est un sacrifice que de brûler un corps dont l'âme est envolée. On l'arrose de beurre, on touille. C'est lui, mais déjà il est noir, carbonisé. Il faut trois bonnes heures pour transformer l'aimé en cendres, qu'on recueille et que l'on jette au fleuve. C'était lui, il n'est plus, et ça redevient lui, une poignée de poudre blanche au creux des mains, et voilà.

En plein air, ce n'est plus Auschwitz. On voit. On a le temps. On recueille, mais on a ressenti la durée, le passage, et l'on a entendu le bruit du crâne laissant échapper l'âme. Que l'on y croie ou pas est sans importance. Au lieu d'imaginer la corruption des corps, on a eu sous les yeux un sacrifice. Ensuite, on peut imaginer le voyage des cendres vers la mer. Parce qu'Edwina Mountbatten avait exigé d'être jetée dans les eaux de la mer du Nord, rejoignant ainsi les cendres de Nehru qui furent jetées au Gange et gagnèrent l'océan, j'ai voulu raconter leur histoire autrefois. Si seulement les cendres de Georges et de Sipa avaient pu voyager ailleurs que dans les nuages ! On dira, c'est pareil, l'air et l'eau. Mais un fleuve a un lit, une embouchure, un fleuve, c'est encore un peu un corps.

Rivka, qui se garda de se rendre à Auschwitz, détesta les bûchers de Bénarès. C'était sale, cette ville, dit-elle. Seul le statut des vaches trouva grâce à ses yeux. Encore que. Vache sacrée à Bénarès, décidément, non. Au Penjab, dans les champs de moutarde, par exemple, ou bien au Cachemire, encore mieux, il fait frais. Sur ses futurs pâturages, Rivka était fort exigeante.

J'étais à l'étranger. Les mots sont magnifiques. J'étais dépossédée du chez-moi, en proie aux autres. Ce « à », qui signifie le lieu où l'on réside, veut dire aussi qu'on appartient. Caméléon je fus. Rose et orange en Inde, verte et bleue en Autriche, violette en Afrique. En natte à New Delhi, en résille à Vienne, en turban à Dakar. Tapie sous la feuille de l'État français, gobant la mouche étrangère, pâte d'amandes enrobée d'une couche d'or, vin de glace, beignet de mérou. Je tournai mes yeux en tout sens, sans perdre une minute de flamboyants fleuris, champs de mil, jardins flottants, rizières, perroquets, touracos, grues Antigone. J'étais à l'étranger, prédateur pour les proies sensibles. Et je fus prise.

À New Delhi, mes collègues indiens professeurs de philosophie connaissaient l'existence du massacre des juifs en Europe, mais à les voir impavides, un jour de 1988 où nous en débattions, j'eus un soupçon. Je posai une dernière question. « Mais savez-vous comment les juifs d'Europe furent massacrés ? » Le professeur de bouddhisme : « Au couteau ! » Celui du sikhisme : « Au fusil ! » Forcément : c'est ainsi que l'on massacre en Inde. Un massacre de plus ou de moins, qu'est-ce que cela fait ? On n'est plus à ça près. Sur trente philosophes, un seul savait, un disciple d'Hannah Arendt, mais il se tut. Car en Inde, l'anniversaire du nazi de service, Netaji du Bengale, est fête nationale. C'est l'Inde que je déteste, occulte, nationaliste, acharnée à ruiner la mémoire de Gandhi, et célébrant la mémoire de Chandras Bose, dit Netaji, initié par Goering aux rites du nazisme, et fondateur, hélas, de l'Armée Nationale Indienne.

À Dakar, l'année du centenaire de l'abolition de l'esclavage, je tins un séminaire sur le *Code noir*, édicté sous Louis XIV pour réglementer le statut des esclaves nègres aux Antilles. J'en fis lire le premier article par mon ami Bachir, disciple d'Althusser et soufi noir ébène. L'article I du *Code noir* spécifie qu'il faut d'abord, toutes affaires cessantes, que soient chassés tous les juifs du royaume. Pour édicter sur les esclaves, jetons les ordures pour commencer. Ce détail réglé, le roi passe aux nègres, biens meubles qu'on n'enterre pas dans la terre sacrée, qu'on a le droit de fouetter, voire de tuer, mais pas dans tous les cas, car ces animaux-là, sait-on, auraient peut-être une âme, etc. La stupeur fut totale chez les étudiants de l'université Cheikh-Anta-Diop. Pas sur la traite des nègres, bien sûr.

La suite nous prit de court. Comment pouvions-nous critiquer l'expulsion des juifs ? dirent nos étudiants. Les juifs, ces chiens, ces oppresseurs des Palestiniens ? Bachir soupira, moi aussi. Ils ne savaient rien. Nous revînmes au début et aux herbes amères. Retrouver la saveur de l'agneau prit du temps.

Un jour, je m'en fus présenter en Allemagne un roman de mon cru célébrant les amours d'un philosophe brièvement nazi et d'une philosophe sioniste, folle de rage contre l'État d'Israël. Tous deux naquirent allemands et s'aimèrent.

La première fois que j'avais exprimé ma pensée en allemand, c'était dix ans plus tôt en Autriche, à Bregenz, devant ceux qu'on nomme aujourd'hui la Nouvelle Autriche, la résistante. J'y avais parlé d'un mot imprimé dans mes rêves d'enfant, un mot dont j'ignorais le sens et ce mot était *Stern*. En allemand, étoile. Pendant une bonne heure, j'avais exposé en allemand mon étoile, bien jaune et à six branches ; et soudain, au final, quand il ne restait plus qu'un seul mot à dire, je m'étais effondrée, secouée de sanglots. Le mot imprononçable était *Sieg* – la victoire. Un mot de trop. Quand je rouvris les yeux, je vis qu'ils pleuraient tous, mes Germains.

En ce printemps 2000 où j'étais en Allemagne, je lus donc des extraits de ma prose, expliquant que l'étoile était enfin rangée à sa place, au placard. Cela dura sept jours.

Le huitième jour, mes murailles tombèrent. Retour au Cherche-Midi : l'instant d'après, on m'hospitalisa aux urgences de Cochin pour détresse respiratoire subite. J'étais carpe muette, échouée sur le sable. L'inconscient, il vaut mieux le savoir, est un sale con ; un vandale, un mufle qui ne veut rien entendre, vous lui dites, ah mais pardon, c'est terminé, tout ça, et lui, le salopard, il vous fait chambre à gaz. Ah ! Tu veux oublier, carcasse ! Eh bien, crève !

J'étais à l'étranger, je lui appartenais. Donnant, donnant. Le Cherche-Midi au diable, mais piment à la place. En échange du visa pour la paix intérieure, il fallait se faire incendier le palais et la langue, quitte à noyer le feu sous la douceur. Épices doublées de miel, *sweet-and-sour*. Herbes amères.

Elles poussent en tous lieux, les herbes amères. Choses vues en d'autres pays. Émeutes, couvre-feux, secrets d'État, gilets pare-balles, menaces d'attentat, trois cents suicides d'étudiants brahmanes, racisme hindou, deux mille musulmans troués à la poitrine par les tridents sacrés des yogis, grève d'électricité débranchant les couveuses de prématurés, bombe dans collier de fleurs, réfugiés en civière, maquis africains, guérillas, trafics d'armes, vingt francs la mine antipersonnel au marché. Mutilés. Salle d'opération avec scialytique en panne, vol d'un camion qui contenait le neuf, médicaments gratuits vendus par l'infirmière, tas de malades impaludés empilés sous l'auvent, trop tard, foutus. Là-bas, on se débrouille. « *We manage* », dit la mère de famille par 48° à l'ombre, à Bénarès, l'été. Par chance, c'étaient des démocraties.

Deux d'entre elles, l'Inde et le Sénégal, sont pauvres ; on y dort dans la rue tout naturellement, car il fait chaud, la nuit. Les salaires doivent y être multipliés par dix pour les comparer aux nôtres. L'eau n'y est pas potable. Coupures d'électricité cinq heures par jour l'été. La rougeole y tue les nouveau-nés. Le sida y ronge des millions de vies, le paludisme aussi. Parfois, il n'y a pas de charrues dans les champs, mais des socs. Il n'y a plus de lèpre, mais encore des lépreux. Il y a tant d'enfants que l'avenir du monde est là. L'égalité y est un vain mot, la liberté souffre de précarité, mais la fraternité, elle, y trouve son vrai sens. On se débrouille, mais pas tout seul. *We manage*.

De là-bas, j'arrivai par avion à la fin de la nuit, survolant les loupiotes de la Ville Lumière. La beauté de Paris au petit matin m'empoignait. Je découvrais des bustes nichés sur les façades, des Grâces, des cariatides, des frontons, des colonnes, dans une ville où peu de gens dormaient dans la rue. Puis le petit matin devenait grand, et les rues me semblaient désertes à Paris. Peu de monde, mais du monde qui se plaint. Chez nous, on connaît le sens du mot chômage. On a des courbes, des statistiques. Là-bas, non. Le chômage n'est même pas compté. Au Sénégal, un emploi fait vivre vingt personnes, on n'a pas d'autres chiffres officiels. Le Sénégal est un PMA, Pays Moins Avancé. Moins avancé que qui ? Silence. En Inde, sur un milliard d'habitants, on comptabilise les personnes en dessous du seuil de pauvreté, trois cent cinquante millions, le nombre d'Européens. Mutisme chez les riches. Tout ça ne va pas du tout.

Aider, ce mot sublime plein de malentendus, vient spontanément à l'esprit. Allez, on y va.

Je l'ai fait. Colère. À quoi ça rime, aider ? Ça rime avec mendier. L'aide alimentaire,

Indira Gandhi la refusa à Nixon, parce que le président des États-Unis d'Amérique la marchandait au Premier ministre de l'Inde contre un vote à l'ONU. Rentrée chez elle, Indira convoqua son meilleur savant, avec ordre de dédoubler les semences de blé et de riz. Sitôt dit, sitôt fait. De l'humiliation d'un chef de gouvernement sortirent la Révolution verte et l'autosuffisance alimentaire. Depuis Nixon, en Inde, on est pauvre, mais on ne meurt plus de faim. Aider, non. Partager, oui. On n'y est pas. Il faudra la révolte. Défroquer tout ce fric, faire sauter les Bourses. De l'air, pitié, du vide !

Le Cherche-Midi m'attendait dans le noir, vers six heures du matin en hiver. J'étais seule comme jamais au monde. Chaque pièce avait son souvenir. Dehors, par la fenêtre, revenaient les délateurs fantômes. Au bout, à droite, se dressait l'hôtel Lutétia, d'où ne sortirent jamais Georges et Sipa. En face, l'immeuble où vivait le Juste de la Wehrmacht qui nous sauva, Rivka et moi, dix fois la vie. Là, dans la salle de bains, naquit mon jeune frère l'asthmatique, qui ne manque jamais d'ouvrir les placards pour contempler, à sa place, les chaussures. Ici, je reçus la gifle de mon père parce que je n'avais eu qu'une mention *Bien* au bac. Ici, claqua la porte dont les carreaux tombèrent, à cause d'une colère de Rivka, ma mère. Chaque fois que je poussais la porte sur la rue, je sortais en évitant et la droite et la gauche, sans lever les yeux. Mes amis papotaient sur la vie politique, et j'avais beau essayer de caser les massacres de musulmans en Inde par les yogis, non. « *We are not amused* », dit la reine d'Angleterre quand elle n'est pas contente. Je n'amusais pas. Sacré bon sang de pays narcissique, qui pète dans la soie.

Après dix ans d'allées et venues, je découvris sur la droite un spectacle que je n'avais jamais vu. Au loin, par-delà le boulevard Raspail, se dressait le clocher de Saint-Germain-des-Prés. Tout neuf, posé sur des nuages roses. Il n'était pas nouveau, pourtant, XIIe ou XIIIe siècle. J'avais passé cinquante ans rue du Cherche-Midi sans le voir. Puis, en revenant sur mes pas, j'aperçus, sculptée au fronton de l'immeuble des Telecom, une tête de femme coiffée à la Ventre Affamé – parce que, ses cheveux descendant en bandeaux jusqu'au cou, elle n'a pas d'oreilles, comme la Belle Otero. J'avais posé des milliers de fois mes pieds sur le pavé, à l'endroit où se trouve cette dame à la Ventre Affamé, et je ne l'avais pas vue. Elle ouvre des yeux ronds ; de ses lèvres de pierre tombent, dans un cartouche 1900, deux mots : « J'écoute. » Heureusement qu'elle n'a pas d'oreilles ! Car la sirène d'alarme surplombe la Ventre Affamé, tous cornets dehors.

Revint un souvenir bien planqué. C'était pendant la guerre, j'avais quatre ans. Mes parents m'emmenèrent aux fiançailles d'un cousin. On me donna une coupe de champagne que je tenais à la main, si fermement que, lorsque je trébuchai, le cristal me coupa profondément. Il fallait suturer, cela pissait le sang. Grande agitation autour de moi. Comment se rendre à l'hôpital ? Il n'y avait aucune voiture dans Paris. Pas d'essence, pas d'automobiles. André-Yves avisa un fiacre qui passait. Jamais je n'ai senti André-Yves et Rivka plus unis qu'à l'intérieur du fiacre, qui s'en allait en direction de l'hôpital. Ma main était bandée, ils la serraient très fort en se serrant l'un contre l'autre.

Le clocher, la Ventre Affamé, le fiacre ! Trois merveilles d'un coup… Perfide mémoire, quels tours vous me jouâtes ! pensai-je. Et je ris de bon cœur. De bon cœur ! C'est inouï !

J'en conclus que j'étais guérie. Il faut croire que non.

Mais qu'est-ce que je raconte ? Pourquoi faudrait-il croire ? Et pourquoi croire que non ? André-Yves et Rivka reposent et, même séparés, ils ont vécu ici, dans la cave, sous les bombes, dans leur lit, à l'étage, attendant le retour de Georges et de Sipa. Il ferait beau voir que j'oublie. Non, non, tout est en ordre. Le passé est chez lui, il ne manquerait plus que ça. Préférer la souffrance, le malaise ? Se faire chambre à gaz parce qu'on lit en allemand ? Pourquoi donc ? Et pourquoi ai-je vu le clocher de l'église, à la fin ? Il y a bien une raison !

J'avais l'esprit ailleurs, à l'étranger. C'est si bête ! Oui, j'étais occupée, comme pendant la guerre, mais ailleurs que chez moi. Le fiacre s'est glissé entre les deux frontières. Quand je vous le disais, que, même par temps de guerre, les enfants se bâtissent de jolis souvenirs. On les voit mieux de loin.

C'est mieux d'être presbyte. Moi, j'ai tout sous la main, myopie, astigmatisme, presbytie. Il suffisait de choisir le bon défaut. Presbyte, décidément. De loin, l'esprit ailleurs.

Je l'ai toujours. Il n'est plus bloqué au Cherche-Midi. Mon esprit est ailleurs, où ruminer le passé est un luxe. Ah, vous avez souffert, vous aussi ? Oui. Bon. Il n'y a pas de quoi en faire ce cinéma. Bombes, délations, souffrances, guerres, on connaît. Mais on a plus urgent que les remettre en place. Vous avez de la chance d'avoir ce temps-là. Dites, vous gagnez combien au juste ?

Plus besoin de chercher, il est midi.

Du même auteur :

Romans

Bildoungue ou la Vie de Freud, Christian Bourgois, 1978.

La Sultane, Grasset et Fasquelle, 1981.

Le Maure de Venise, Grasset, 1983.

Bleu Panique, Grasset, 1986.

Adrienne Lecouvreur ou le Cœur transporté, Robert Laffont, 1991 ; J'ai lu, 1997.

La Señora, Calmann-Lévy, 1992 ; LGF, 1993.

Pour l'amour de l'Inde, Flammarion, 1993 ; J'ai lu, 1995.

La Valse inachevée, Calmann-Lévy, 1994 ; LGF, 1996.

La Putain du diable, Flammarion, 1996 ; J'ai lu, 1998.

Le Voyage de Théo, Le Seuil, 1997, « Points », 1999.

Le Roman du Taj Mahal, Noésis, 1997.

Les Dames de l'Agave, Flammarion, 1998.

Afrique esclave, Noésis, 1999.

Martin et Hannah, Calmann-Lévy, 1999 ; LGF, 2000.

Jésus au bûcher, Le Seuil, 2000.

Essais

Lévi-Strauss ou la Structure et le malheur, Seghers, 1re édition en 1970, 2e édition en 1974, dernière édition entièrement remaniée dans Le Livre de Poche, coll. « Biblio essais », en 1985.

Le Pouvoir des mots, Mame, coll. « Repères sciences humaines », 1974.

Miroirs du sujet, 10/18, série « Esthétiques », 1975.

Les Fils de Freud sont fatigués, Grasset, coll. « Figures », 1978.

L'Opéra ou la Défaite des femmes, Grasset, coll. « Figures », 1979.

Vies et légendes de Jacques Lacan, Grasset, coll. « Figures », 1981, repris dans Le Livre de Poche, coll. « Biblio essais », en 1983.

Rêver chacun pour l'autre, essai sur la politique culturelle, Fayard, 1982.

Le Goût du miel, Grasset, coll. « Figures », 1987.

Gandhi ou l'Athlète de la liberté, Gallimard, coll. « Découvertes », 1989, 2e édition, 1990.

La Syncope, philosophie du ravissement, Grasset, coll. « Figures », 1990.

La Pègre, la Peste et les dieux, chroniques du festival d'Avignon, Éditions théâtrales, 1991.

Sissi, l'impératrice anarchiste, Gallimard, coll. « Découvertes », 1992.

Sollers, la fronde, Julliard, 1995.

Poésie

Growing an Indian Star, poèmes en anglais, Delhi, Vikas, 1991.

En collaboration

L'Anthropologie : science des sociétés primitives ?, avec J. Copans, S. Tornay, M. Godelier, Denoël, coll. « Le point de la question », 1971.

Pour une critique marxiste de la théorie psychanalytique, avec Pierre Bruno et Lucien Sève, Éditions sociales, 1973, 2e édition, 1977.

La Jeune Née, avec Hélène Cixous, 10/18, 1975.

La Psychanalyse, avec François Gantheret et Bernard Mérigot, Larousse, coll. « Encyclopoche », 1976.

Torero d'or, avec François Coupry, Hachette, 1981, nouvelle édition entièrement remaniée, Robert Laffont, 1992.

La Folle et le Saint, avec Sudhir Kahar, Le Seuil, 1993.

Le Féminin et le Sacré, avec Julia Kristeva, Stock, 1998.

Composition réalisée par Chesteroc Ltd

ACHEVÉ D'IMPRIMER EN ESPAGNE PAR LIBERDUPLEX
Barcelone
Dépôt légal éditeur : 41077-02/2004
LIBRAIRIE GÉNÉRALE FRANÇAISE – 43, quai de Grenelle – 75015 Paris
ISBN : 2-253-06822-5